Gyldholm

Andre klassikere udgivet ved Poul Erik Kristensen:

Jeppe Aakjær:

Fra min bitte-tid (erindringer). 2016.

Drengeår og knøsekår (erindringer). 2016.

Hedevandringer (kultur- og naturbeskrivelse). 2016.

Vredens børn (roman). 2016.

Bondens søn (roman). 2016.

Arbejdets glæde (roman). 2016.

Vadmelsfolk (noveller). 2016.

Johan Skjoldborg:

En stridsmand (roman). 2017.

Per Holt (roman). 2017.

Henrik Pontoppidan:

Isbjørnen (roman). 2017.

Alexander Rasmussen:

Forvalteren på Lindenborg (roman). 2017.

Johan Skjoldborg

Gyldholm

© 2017 Poul Erik Kristensen
Forlag: BoD – Books on Demand, København, Danmark
Tryk: BoD – Books on Demand, Norderstedt, Tyskland
ISBN 978-87-7188-489-0

Udgiverens forord

Johan Skjoldborg (1861-1936) regnes vel ikke i dag blandt Danmarks store forfattere, men ingen har dog overgået hans beskrivelser af de danske husmænds vilkår. Her har han præsteret nogle klassikere, som vil holde mange år endnu. Hans første roman blev udgivet i 1893. Herefter kom der nye titler med jævne mellemrum, og flere kom endda i adskillige oplag.

Men tiden går, og retskrivningen ændres. Derfor har jeg i 2017 med nænsom hånd redigeret enkelte af Johan Skjoldborgs bedste bøger for at fjerne nogle irritationsmomenter for nutidens læsere. Her har mit udgangspunkt været, at hvis jeg var i tvivl om det rimelige i at foretage en rettelse, fik Skjoldborgs egne ord lov til at bestå. Forfatteren har med andre ord hele tiden stået over grammatikken.

Navneord skrives med lille begyndelsesbogstav, med undtagelse af forskellige egennavne ændres aa til å, gamle stavemåder erstattes af nutidens, og enkelte ord erstattes af nye, der er mere forståelige. Endelig er der også hist og her, men bestemt ikke i noget stort omfang, blevet ændret en smule på tegnsætningen.

Skjoldborg lader sine hovedpersoner tale dialekt, men han gør det på en sådan måde, at det næppe giver forståelsesmæssige problemer. Skulle der imidlertid være en enkelt svipser, vil oversættelsen formodentlig kunne findes inde på nettet i ordbog over det danske sprog.

Poul Erik Kristensen

1

På den ene hånd – gavlen af en herregårdslade med store ageporte i siderne, en gammel, ludende bindingsværksgavl, der hælder truende ud over dem, der går tæt forbi. Oppe i den sorttjærede fjæletrekant sidder en gammeldags rude med en hvirvel i midten – som et argt ridefogedøje, der er blevet grønt af galde over folkene, som er gået ud og ind af gården.

På den anden hånd – en cementfuget gavl af røde, maskinstrøgne sten, en rank, regelmæssig, nymodens gavl.

Midt for – en sølet vej med tråd og dybe spor, som står tydeligt i det lerede ælte.

Ud af gabet mellem disse to gavle kommer en rytter. Han rider den nærmer; den fjermer følger med af sig selv, for de to heste er spændt sammen i seler af rebstumper og stift, sprukkent læder med mankepuder af jern. Det ringler og rasler fra tøjet, der hænger løst på de ledige dyr, eftersom de langsomt flytter sig frem med hængende hoveder og halvt tillukkede øjne.

Rytteren er en mager mand med skæve skuldre. Han duver med hovedet, stærkt, som om han bøjede sig, for at en mægtig hånd des lettere kunne give hans nakke et duk endnu. Han ser nemlig så skikkelig-troskyldig ud af de modløse øjne, som han klipper lidt med; og hans langnæsede, fårelignende hoved synes skikket til villig at nikke og neje sig for al slags uvejr.

Det er Tammes; han er forkarl.

Der kommer flere.

Den næste, Røde-Jens, holder sig lidt mere ret i sædet. Han er sværere, men noget oppustet og bullen med pluskæberne og de valne, fregnede hænder. Hans næse har et blåsort skær, og øjnene er rødårede. Han bærer sin fedtede bulehat skævt på håret, der er ildrødt som det store, gloende fuldskæg. Han gaber med megen larm – et bid og et glam som store hundes.

Røde-Jenses heste er ringere end det foregående spand, men hæver sig over det, der følger efter.

Det er Jakobus, som fører dette, en sort og en brun. Den sorte har et tykt vandknæ, og den brune svinger ved hvert trin den brede, flossede hov med et plask ned i æltet.

På den brunes ryg sidder Jakobus i sine pjalter med et tilfreds drag om sin skægstubbede mund. Kroppen er stiv som det træ, der er groet krumt, men han kråner sig og småvrikker selvbevidst med hovedet. Han er ikke langt fra halvslummer.

Nummer fire, Palle, har umådeligt store, røde hænder, der stikker langt frem af ærmerne, og så omfangsrige, udstående ørelapper, at man skulle synes, han kunne vifte med dem. Sine revnede, vindsprukne læber har han overklistret med tobaksblade. Han ånder med åbentstående mund, som om han ikke kan få luft nok gennem næsen.

Bag efter Palle kommer Bette-Lasse med sine to helmusser. Bette-Lasse er hulbrystet og knykhoster. Han er ganske bleg. Ikke engang på hænderne eller læberne kan det ses, at han har blod i sin krop, og hans små, syge øjne, bliver næsten borte i de dybe øjengruber.

Store-Lasse er lige efter. Hans stærkt hvælvede øjne står frem, som om de er ved at vælte ud, og med det stive, stillestående blik ligner de blåhvide porcelænskugler. Hans store lemmer slentrer som døde ting under ridtet.

Han, der nu kommer, det er Per Holt. Han er en særlig fast og tæt bygget ungkarl, og han sidder på hesteryggen, som havde han været dragon. Med huen på snur og med en sej værdighed, som om han endnu havde sporerne på, hviler han flot hånden på det muskeltykke lår. Han er sort af hår og har varulve-bryn. Hans mørke øjne har megen glans af legemlig sundhed; de har flakkende skær af flygtige tanker og på samme tid udtryk af frygtløs ro. Hans underbid giver præg af dristig kraft; han ser ud, som om han kunne stå for et knytnæveslag uden at blinke.

De bliver ved at komme ud af gabet – Kræn Sows med sin tykke, folderige ansigtshud, i hvis læg der ligger mørke striber af snavs og tobaksvæske, Store-Povl, Niels Røn, - "Margrethe", hvis stramme lårmuskel endnu bærer det svedne indbrændingsmærke fra præmietiden, "Lise", hvis hinkende hofte sidder i et skvadrende sår ..... folk og dyr.

Fjorten ridende og fjorten par heste. Endelig er der ikke flere.

Ud ad den sølede markvej fortsætter de med plaskende hove og dvaske lemmer; de bevæger sig i samme slæbende takt hele tiden, og det ser ud, som de ville blive ved således, indtil en magt udefra træder til med et kommandoord.

Som i søvne skrider skaren frem i den retning, den skal, uden at vige ind på nogen sidevej.

Nu skal den krydse chausséen.

Men da kommer ad den banede kongevej et elegant køretøj: blanke skimler, der leger og danser med fråde om sølvmilerne, en vogn, der glider som på gummi, og en kusk med hvide handsker og bjørneskindsslag.

Kammerherrens vinrøde kinder og mørke moustache stikker frem af pelsværk. Han ligger ubevægelig lænet mod fjedrene i det lave bagsæde og stirrer kusken i nakken med sine store, kuplede raceøjne.

Da Tammes ser landaueren, standser han, og som jernbanevognene puffer hinanden, fremkommer der små sammenstød ned gennem den lange række, som holder ærbødigt stille.

Mens kammerherren kører forbi, blotter de fjorten ridende deres hoveder og hilser på det dybeste deres herre og husbond.

Kammerherren genhilser let, men hensynsfuldt.

Derefter glider det fintbyggede køretøj videre frem ad landevejen som en edderkop ad sin tråd, og det tunge, klodsede arbejdertog sætter sig atter i bevægelse over mod udmarkernes brede fald af stubber og bølgende pløjeland.

Så kommer der kammerherren i møde et vogntog af drøje, velnærede, jyske øg og solide, hjemmelavede vogne. Alle fadinger er fulde af tætpakkede, helligdagsklædte folk; de ligesom hænger på, så mange er der. Det er bønder, langskæggede og blonde med opvakte øjne, grundtvigianere fra Falling, der skal til efterårsmøde på Ørum Højskole.

Vogntoget viger af sporet just så meget, at venstre hjul går i højre slag, men heller ikke mere. Og der er ingen, der hilser godsejeren – med undtagelse af en enkelt gammel mand, der nede i vogntoget løfter sin hat lidt. Ingen ser til den side; alles blik er tvunget lige frem, og som ved tryk på en hemmelig fjeder antager udtrykkene på én gang en så barsk karakter som muligt.

Men så snart kammerherren er forbi, falder de stive masker – atter som ved et tryk på en hemmelig fjeder. De lyse ansigter smiler, og de hatteklædte hoveder stikkes snakkende sammen.

De grundtvigske Falling-bønder fjerner sig mellem landevejspoplerne ad Ørum til, og godsejeren svinger ind i alléen til Slottet, som Gyldholms hovedbygning kaldes.

Men arbejdernes kobbel af krikker og kantede kroppe, af hængende hoveder og dukkede nakker, føres videre under lyd af jerndeles ringlen og raslen og ledsaget af ladefogden, hvis tætknappede frakke så meget som muligt minder om en uniform.

Han holder sig et stykke bagefter med sin tykke stok, som om han drev en hjord foran sig.

De fjorten plove, der står og venter i furerne oppe på Gyldholms højmark, kommer i langsom drift. Det går sejt og trægt. Jorden er fed og fugtig; den kliner sig til muldfjælene, klæber sig ved hestenes hove, klistrer sig langt op ad mændenes ben og klumper sig om deres træskostøvler.

Når de døsige plovmænd i lavninger eller i læ af skrænter tror sig fri for opsynets skarpe blik, standser de, som om de helt sov ind – undtagen Tammes forkarl, der driver jævnt frem og stedse er et langt stykke foran de andre.

Men ladefogdens røst vækker dem snart.

Og hans grove ord går igen som banden og galen i mændenes mund og forplanter sig gennem tømmerne som strammen og strutten og saven i de asende dyrs kæber.

De fjorten spand plove flytter sig videre som jordkrybende, tibenede væsener, der langsomt kravler op og ned over de sortmuldede banker, mens de dyrker Gyldholms grødefulde jordegods.

Fra højmarken har man et lille rundsyn – ikke som i Nord- og Vestjylland til vide flader og langstrakte åse, der står som stivnede bølger, rullet lige ind fra det brede verdenshav, men til et jordsmon, der bølger sig som krappe søer i mindre vand.

Gyldholm selv ligger lavt, som om jorden havde sænket sig under vægten af de mange tunge stenmasser. Hovedbygningen, "Slottet", er en stenkasse i to stokværk og tre fløje, dækket af rødt tegl og med takkede gavle. I al sin klodsethed har Slottet alligevel et vist fornemt, utilgængeligt præg med de store, hvidkalkede murflader, de små vinduer og tætlukkede døre. Og så ligger det for sig selv i udkanten af skoven bag et rummeligt haveanlæg, tilbagetrukket fra arbejdets tummel, fra ladernes og staldenes simple lugt.

Skellet dannes af et hvidmalet stakit. Og det hvidmalede stakit er et meget skarpt skel.

Jorderne, der strækker sig som et bredt bælte om Gyldholm, danner også et skel.

Og bag dette ligger bondebyerne – som om en mægtig arm havde fjernet dem i ærbødig afstand.

Darum, Falling og Ørum.

Man kan næsten se ned i skorstenene på de forfaldne Darumgårde. Det ser ud, som de skulle synke sammen som fulde mænd og kun blev holdt oppe ved stivere, støtter og fælles selskab.

Fallinggårdene derimod er begyndt at vandre ud til udmarkerne. To af dem kigger op over byskrænten; de er ny, af røde sten og ganske ens med tag af pap. Og helt ovenfor står der en og vinker med rejsekransen svingende over sparreværket.

Men gårdene i Ørum har helt forladt de gamle pladser og breder sig frit og luftigt med de anselige højskolebygninger som midtpunkt.

Man kan også fra Gyldholms højmark se hvide kirketårne, skimte spiret på baroniet Løvenborg og det brede tag af Sørig Kloster, men ellers – her er snævert for det vide udsyn, stænget på alle kanter med huse, gårde, landevejspopler, haver og levende hegn.

Dog – forbi de mørke skove ved Gyldholm i en skure mellem to mægtige muldbryster lyser en lille trekant af Kattegat med en enlig sejler.

Og dette vand virker i det lukkede landskab som en rude.

Der er ingen stråler af sol, det er, som den skinner gennem grå uld, der er ingen glans på nogen ting. De røgfarvede skyer trækker over Gyldholm-skovene og samles ude over havet, hvis vand bliver mørkere og mørkere.

Og dagslyset siver bort.

Men de fjorten plovspand kryber endnu frem og tilbage i det muldede ler som kæmpemæssige biller.

Først da mørkningstiden er indtruffet, bryder ladefogden op med sine undergivne, Tammes forrest og alt i øvrigt i den reglementerede rækkefølge.

Hvor de ser ud, både mennesker og dyr – som om de var kravlet lige op gennem jorden og ikke endnu havde skilt sig fra den – som et tog af noget levende, der dog mangler endnu et sidste livets pust i sin skabelse.

De rider tilbage: Røde-Jens, Jakobus, Palle, Lasserne, Per Holt, Kræn Sows, Store-Poul, Niels Røn ….. den lange række af Gyldholms tyendehusmænd.

Tusmørket hviler over det fjerne og det nære, og skumringsgrå ligger de våde agre langs den opblødte vej, ad hvilken dyrene ælter sig frem.

Noget borte er marken som levende, hvad det så er. Men da toget kommer nær nok, basker det som af tusinde vinger, og der rejser sig et susende vejr af krager.

Og mens luften er fyldt med skræppende skrig over hovedet på dem, sluges de fjorten ridende og de fjorten par heste af gabet mellem de to gavle.

2

Højt er der i Gyldholms hestestald som i en landsbykirke. Ned fra loftet hænger to store lygter, der drejer sig i kæder, som om de nys var tændt, og lygteskærets halvlys ligger som måneskin over stængernes træværk, over de lange rækker af båse og den brede, stenlagte gang.

Anders Staldkarls træsko er beslået med svære jernringe, der giver klang i det store, lydbare rum, når han på sine kalveknæede ben vrikker frem og tilbage over stenpikningen, svingende med overkroppen som en perpendikel. Hans trin følger regelmæssigt efter hinanden i klingende takt, der minder om den lydelige gang af et gammelt ottedagsværk i en tom stue.

Han lader fire heste ad gangen gå ned at drikke. Når de er færdige, står de et øjeblik ganske stille, mens vandet drypper fra mulerne, puster ud i et suk og går rolige tilbage hver til sin bås. Fire ad gangen – det hele går så sikkert som et ur.

Henne ved truget vasker nogle karle sig og stritter vand på hinanden under muntre udbrud. Og i staldportens skygge tumler en ung fyr med at bøje Røde-Jenses arm.

Jens puster, men han bliver ved at holde den knyttede hånd strakt ud, mens han smiler.

”Nej, her er dævlen tejme marre, mi’ dreng!” siger han.

Tammes Forkarl og de fleste andre husmænd er ellers gået hjem. Palle står dog og ser til med halvåben mund og de brede, skovlformede hænder ned ad siderne – som ventede han på et skub for at komme i gang. Og Jakobus stjæler sig til at få et lille sug af lommepiben, inden han skal ud i sluden. Men Bette-Lasse hælder sit hoved mod stænget og hoster uafladeligt.

Per Holt kommer fra vandtruget, sjokkende i sine bukser. Han løfter op i livremmen og spytter sejt ud mellem tænderne. Og som følte han sin egen styrke, vugger han samtidig lidt med de kraftige skuldre, hvis blade rører sig under blusen. Han tørrer sin svære, nøgne, brune hals med bagstykket af sin vest, idet han går forbi ind i karlekammeret.

Jakobus kniber øjnene sammen og hentyder til Per Holt: ”Er det sandt, ted - æ – at han skal giftes med Sofi’ nu?”

”Ja,” svarer en lyshåret karl.

”Tho hun er jo da også med den anden ved ham.”

”Han har s’gu en pige tyk på Løvenborg foruden!” griner karlen.

”Ja, er det nu it en satans mennisk’, den Per!” Jakobus skudrer sig fornøjet.

”Og så dem, han har i forvejen!” falder Røde-Jens ind. ”Jov, han er dævlen tejme en rask dragon, he, he, he!” Jens sender et beundrende sideblik gennem døråbningen ind til Per, der står med et spejlskår i hånden og kæmmer sin tykke, sorte manke, mens han fløjter visen:

"Den karl, som kongen tjene kan ...."

Der er så fredeligt i stalden nu efter dagværkets slutning. Og hestene puster fornøjet i hakkelsen.

Så høres lyden af tunge skridt og af en dupsko, der stødes fast mod brostenene ude i gården.

I samme nu kommer der et lyttende udtryk i alle ansigter – også i Palles, som om der tænkes på den samme ting. Jakobus stikker øjeblikkelig piben i lommen, og selv Bette-Lasse holder op med at hoste.

Udefra høres en strøm af ord, der lyder som skælden. Den sidste sætning fremhæver sig tydeligt: ".... Her er jeg fanden skal gale mig nummer ét!"

"Det er ladefogden, der får!" hvisker den unge lyshårede.

"Ja, når forvalteren snakker om, hvem der er nummer jen, så er'en på de hyww nawler," bemærker Jakobus.

Overforvalterens kraftige, gråklædte skikkelse viser sig i portåbningen. Alle hilser ærbødigt. Han har en lygte i hånden og en stor, gul hund krybende i hælene på sig. Han har slud i skægget og en hinde af fugt over de glorøde kinder. Han bliver stående og sender en spiritusduftende åndekegle lige i næsen på folkene. Men han siger ikke noget. Fra sine stiftåbne øjne lader han bare blikket glide hen over dem.

Folkene rører på sig. Med sin fregnede, brutale hånd, som lygteskæret falder på, tager Røde-Jens sig om skægget og siger faderlig fromt, idet han sukker: "Nå – så får En vel hjem og se til ku'en å bø'n!"

"Kone og børn! Ja, du er fanden skal gale mig en net vaps, det er du!" siger forvalteren og går med sin lygte og sin hund, og lyden af dupskoen fjerner sig.

Røde-Jens blinker og skubber Jakobus på albuen, og de sidste husmænd driver af ud i mørket, også Palle.

Straks kommer ladefogden. Den tilknappede mand med de barske træk bærer i sine panderynker skyggen af den byge, forvalteren nys har sluppet løs over ham.

"Hør du der," siger han til en karl, der smutter ind i kammeret, "nu har du jo igen glemt muleposerne, din – klaptorsk!" Han går ind i stalden. Frem og tilbage. – Hans opirrede blik flyver og farer i alle kroge og hen over alle ting.

Han går flere gange forbi Anders. Endelig siger han: "Vil du værsgo at sørge for tilstrækkelig vand i truget!"

Røde skjolder, der er tegn på heftig sindsbevægelse hos Anders, breder sig over hans næseryg og op ved tindingerne. "Det skal a nok pa-pa-pass'!" stammer Anders.

"Hva' siger du? –"

Anders gløder, og hans øjne står stive. " – Din slubbert!"

Anders bliver ved at stirre efter ladefogden, da han går, og han rører munddelene, som om der var mange ord, der ville frem.

Nu kommer der forstyrrelse i al ting inde i stalden. Det begynder med "nummer 18". Den napper en anden i halsen. Anders farer på den og sparker den i lyskerne: "Æh, kule! Ka' du kom an!" Han skælder, og dyrene, der hører, hvor rasende han er, tager fejl af båsene. Da de vil skifte, tager de fejl igen. "Næ, sikken no'en ra-alliker!" Han henter en knippel. – De fire næste. De går også fejl i deres trippende angst. Han svinger sit strafferedskab, så det suser: "Ka' du husk', - ka' du! – ka' du husk' – ka' du!" Han har glemt at binde de forrige fire. Så nu er der otte på gangen. Dyrene klemmer sig ind mellem hverandre og krummer sig, og de står op på hverandre, lægger ørerne tilbage og ser forvildede ud af de store, fugtige øjne. "Æ-æh! Dit ottekantede skidehus! Kender du mig – hva'! Kender du mig – hva'! – Tju!" De raske er forrest, de halte og stivbenede humper efter i nikkende galop.

Der står et bulder op under loftet fra skældsordene og de klaprende hovslag, og det gnistrer derinde i halvmørket fra hesteskoene og Anders' træskobeslag.

Stadig forkert. "Ka' I da ikke komme i b-båsene, I knokler! Det er da også satans i hede, hule helvede - - -"

Anders har skubbet huen bag i nakken, han er luerød, og sveden pibler over hans pande. Det kan man se, når han kommer under lygterne.

Selv da alle er kommet op i de rigtige stader, er dyrene urolige og rædde, så deres rygge bølger som aks i uvejr, når han farer fra den ene side af stalden til den anden.

Endelig stilner det af herinde. Og efterhånden lyder der igen fra en og anden krybbe en hyggelig gumlen.

Anders Staldkarl tørrer sig med bluseærmet og støtter sig til sin knippel, mens han tager et overblik. "En har vel k-k-kommandoen endnu!"

Lidt efter får han hånden ned under forklædet efter en stump frisk tobak. Så puster han ud og mumler: "Hum! Sådan en næsvis f-f-flab – når En pp-p-passer krammet k-k-korrekt! – Ptøj!"

Der er også lys i de andre stalde på Gyldholm. Små lyspunkter skinner ud fra de mørke længer, som var de trukket på snor i lange rækker. Ellers tykner aftenens mørke til mellem de mange bygninger, tættest i portene og krogene. Men over de sorte tage lysner luften svagt frem mellem efterårsskyer, som sejler hen over den gamle gård.

Der er én, der viser sig etsteds med en lygte og bliver borte igen. Så dukker der frem af udhusene en og anden skikkelse, der bevæger sig over mod folkestuen.

Den to-etages-bygning, på hvis kælderbund folkestuen findes, er som et chatol med mange skuffer i til det, der ikke må blandes sammen.

På første sal er der værelser, kamre og bure for overforvalteren, ladefogden, lærlinge, husbestyrerinde, mejersker, stuepige – spindestuen, fælles sovestue for mejeripi-

ger – spisestue for lærlinge, spisestue for håndværkere ....
hele den Gyldholmske stat, en stat, hvor rangforordningen
gennemføres helt ned til svinedrengen.

Langs den halvt underjordiske stueetage går en skummel
gang som cellegangen i et arresthus. Og dybt inde ad den-
ne gang forbi mange døre ligger det rum, man kalder fol-
kestuen.

Gulvet er toppet af runde piksten, der holdes mørke af
den væde, som siver af den lave, sure grund. Fugtigheden
skyder sig også i grønlige skjolder op ad den grå kampe-
stens ydervæg, der engang har været hvid af kalk. Stråler
af sol kan her komme, men kun gennem to små vinduer,
der sidder højt oppe i den tykke mur mod nord, kan da-
gens skær rinde ind.

Og så er her en muggen jordlugt som i et gravkammer.

To talglys skinner mat gennem mørket. Der skimtes ved
siden af døren en række hornskeer i læderøller, og hist og
her på væggen hænger svineører, som folkene, i stedet for
at spise dem, har foretrukket at hænge op på søm.

Her er tomt og stille, gravstille. De to lys står med osen-
de væger på det ene langbord – brædder der er fastsøm-
mede til nedrammede pæle – et søvnigt lys på hver side af
ølkruset, der er lavet af træ.

Så når lyden herind af træsko, der trædes tungt mod sten
ude i den mørke kældergang, en gjaldende klampren, der
tiltager, som trinene nærmer sig. Per Holt og et par andre
karle kommer ind og sætter sig på deres pladser, Per
øverst, de andre længere nede med rum mellem sig til
nogle, der må komme efter.

Per klaprer med låget på ølkruset. Han bliver ved at
klapre og klapre. Og da kokkepigen endda ikke viser sig,
tager de andre deres lommeknive og banker med skafterne
i bordet, og en enkelt piber i fingrene .... et spektakel, der
synes at more dem, for de kigger mere og mere fornøjet til
hinanden som glade skoledrenge.

Kokkepigen kommer til syne med kartofler og dyppelse. Hun vrikker med enden og siger: ”I har vel it behov å skab’ jer halvtåbelig, fordi maden it står for næsen af jer på minutten!”

”Gjeb – gjeb – gjeb – gjeb …..” er der en, der vrænger.

Du kan vel fa’n hukme passe din tid, det må vi andre!” svarer Per Holt.

”Å, du er så vigtig, du, Per fortidlig-far! Du kan vel ha’ nok at gøre med dine tøser!”

Per kniber polisk øjnene sammen: ”Er du misundelig? Din gammel dåse!”

En karl griber om hende og nynner:

> ”Å bette Mætt’, å bette Mætt’,
> hun er så vakker en tøs!”

”Hold du dine grabber ved dig selv!” vrisser hun.

”Du ville vel hellere, det skulle ha’ været Mads!” griner karlen.

”Å – I tossede drenge!” halvsmiler hun lidt skabagtig og går.

Det klamprer atter ude fra kældergangen. Det er Anders Staldkarls regelmæssige perpendikelgang. Han ser på sit ur, tager kniven op af lommen og giver sig til at pille kartofler. Han sveder og fører med sig en em af den syrlige, ludskarpe luft fra hestestalden.

Ras Buus kommer ifølge med den gamle svinerøgter.

Ras Buus, der hjælper til ved studene og tyrene, vralter tungnemt frem. Han har et svaghjernet udtryk og kigger skulende op med grå øjne, der virrer og dirrer i stadig uro.

Mikkel Svinerøgter er snavset og glinser over hele ansigtet. Også hans tøj har glans af blankslidt snavs og gammelt fedt. Og så har han om sig svinestaldens særegne, uappetitlige, vammelfede lugt.

Der samler sig foran hver en dynge skurvet skind og en dynge kartofler, fra hvilke der stiger en åndefin damp.

Måltidet består kun af kartofler og meldyppelse.

Der er nogen, der stjæler fra Ras Buus. Idet han så skæver til siderne for at passe på, virrer han dobbelt med øjnene, og dette morer de andre.

Det svinder snart igen af hans dynge.

"I skal sa'n ras'me la' vær'!" siger han.

Folkene ler.

Hver gang han opdager, at der listes en kartoffel fra ham, siger han det samme, men for hver gang stærkere: "I skal sa'n ras'me la' vær'!"

Og hver gang ler folkene.

Imidlertid stiger hans forbitrelse. Han slår om sig. Men når han slår til højre, stjæler de fra venstre.

Og de bliver ved at le.

Da går der en smertelig trækning over hans fjogede ansigt. "Hva'for kan I it la' mig vær?" siger han og er ikke langt fra gråd.

Men lige på én gang rejser han sig i sædet, hugger sin forfærdelig store hånd, der holder om skaftet af kniven, i bordet og bander som en rasende: "I skal sa'n ras'me la' mig være!"

Knivsbladet blinker. Han stønner, hans tykke næsefløje vibrerer, og øjnene bliver helt vilde. Han minder om de gale tyre, han daglig går hos.

De unge karle, der har drillet Ras, ligner ganske store drenge i en skole, som de sidder der ved det lange bord med de lidet prægede ynglingeansigter, over hvilke øjeblikkets stemninger farer let hen.

Per Holt sender dem et tæmmende blik. Så siger han godmodigt: "Nå Ras, hvad er nu det? Det hele var jo kun grin!" – Og som for at aflede opmærksomheden smiler han: "Se til Mikkel – det er s'gu ham, der guffer kartoflerne i sig."

Alle ser hen til svinerøgteren og griner.

Han har hele tiden siddet og passet sit uden at se hverken til højre eller venstre. Kun da Ras svang kniven, løftede han et sekund sine små griseøjne. Mikkel er den eneste, der spiser sul; det, som andre har vraget til middag, har han gemt i sin skuffe, og nu smasker han det ildelugtende orneflæsk i sig.

Det gør intet indtryk på ham, at de ler ad ham. Det er, som han hverken hører eller ser, enten så der grædes eller grines. Han sidder, som om han sad her ganske ene mand i stuen.

Så klapres der igen med låget på ølkruset; der hamres på de tømte fades rande. Og kokkepigen kommer med en ny forsyning.

Med hende smutter en lille dreng ind i folkestuen. Han lader til at være huskendt, vant til at gå, hvor han vil – ligesom hunde og katte. Med sine ru hænder, sine lappede klæder og sin madtaske, som han bærer i en skulderrem ligesom de voksne, ligner den lille purk aldeles en meget lille udgave af en Gyldholms husmand, der kommer fra arbejde.

Især, som han med fornuftige miner går tungt og klodset med knæk i knæene hen over gulvet i sine store træsko.

Det er Bette-Ejler fra Sneglehuset. Han er allerede begyndt at gøre tjeneste på gården, hvor hans far og mor har gået al deres tid.

Ejler lægger armene på kanten af bordet og træder med højre fod op på den venstre træsko for bedre at kunne se den figur, en af karlene skærer ud i pladen. Han står og beundrer.

Så spørger karlen: ”Hvor er din far henne i denne tid?”

”Han drikker i de her daw …. skal der nu it også en sejl på det skib?” Ejler peger på figuren med sin buttede finger, hvis lille negl næsten er blevet borte i snavs.

”Hva’ si’er nu din mor, nær han drikker?”

”N-å – det ved a it.” –

”Slår han?”

”It, uden han er gal ….. Kan du også tælle en mand ud?”

”Hja!”

”Å sikken pæne kniv, du har!” Ejler tørrer sig om næsen og snuser ind, og med store øjne betragter han det blanke hornskaft med indlagt messinganker.

Lidt efter spørger så karlen grinende: ”Er det sandt, te ladefogden går hen og ligger ved din mor?”

”Det ved a it.” Ejler lister af til den anden ende af bordet, hvor to karle er ved at ”rykkes i krog”.

De begynder nemlig at lege nu, da de er færdige med måltidet.

Men Per Holt siger – og ingen kan undgå at lægge mærke til ham, når han taler, for hans røst er så gennemtrængende, han siger: ”A kund’ fa’n hukme æde både krus og fad, så sulten er a!”

”Da skal du vist vær-så-god!” kommer det tørt og ganske langsomt henne fra svinerøgteren, der endelig har sunket den sidste bid og nu tørrer sig om munden.

”Hva’ – er du levend’ endnu Mikkel!” griner Per.

Anders indskyder, idet han bider af et stykke tobak: ”Du kan jo ta’ dig en s-s-svineør’ ovene-p-p-på, Per – he!”

”Pøj for satan!” Per spytter, som han havde en skrubtudse i munden.

En af de unge karle, der har siddet og dvasket hele tiden, vågner op med ét og spørger, hvem der kan ramme et svineøre med en kartoffel.

Og nu bliver der en kasten. Slag i slag og smask i smask klasker kartofler mod væggen, der overklistres med melstof, mens resterne sprøjter og drysser.

Det griner Ejler af.

Kokkepigen åbner så døren og kalder ad ham. ”Kan du komme hen til mig, bette Ejler!” siger hun venligt.

”Nå, - skal du ha’ patten!” er der en, der fnisende bemærker.

Men Ejler følger rask efter kokkepigen.

"Skal vi så gå op og se til tøserne?" siger Per Holt, idet han trækker op i bukselinningerne og vugger med skuldrene.

I det samme kommer der et par Falling-karle. De vil gerne slippe med ind. De har brændevin i lommen, for de ved så godt, hvad det koster for en fremmed mand at få adgang til spindestuen på Gyldholm.

I spindestuen, hvor alene kakkelovnsvarmen giver lidt hygge, lader pigerne mundene gå.

De pjadrer og skogrer.

Men de sidder alligevel lydhøre og lette i sædet – som venter de, at karlenes trin skal høres i trappen. Og da de mange træsko virkelig begynder at gungre, forplanter dette sig derind som et vagt, elektrisk stød.

Det er en hel række af unge karle med kraftige lemmer, der glider ind gennem døren. Og det virker på pigernes ansigt, som om nogen kildede dem under hagen.

Ras Buus er også med. Han sætter sig ved kakkelovnen og ser med sine urolige, virrende øjne hen til Sofi'.

Sofi' er letbygget, egentlig smuk, med regelmæssige træk, lysblond, med øjne, der er gode i bunden og ellers har et kælent udtryk, som gik hun i en stadigvarende elskovsrus. Hendes bevægelser er bløde, og enten er hun lad, eller hun bevæger sig, som hun gør, fordi hun for tiden er mavesvær.

Sofi' er Per Holts, og de omgås som mand og kone.

Men Ras kan ikke få sine øjne fra hende.

Han er syg efter hende.

Ser hun på ham eller siger noget til ham, løber Ras' øjne helt løbsk, hvad der morer både hende og de andre. Og derfor gør hun det ikke så sjældent.

Først står karlene urolige, tripper, hviler snart på det ene ben, snart på det andet, krydser benene, hæver foden på tæerne …

Og navnlig krummer de pibeslangerne ganske voldsomt.

De vrider lænderne, vipper med knæene og strammer læggene.

Så begynder øjnene at blive mere blanke, og de skubbes, karle og piger.

Og efterhånden stiger frem fra spindestuens kroge en hvisken og tisken og snakken med smålatter og enkelte hvin, indtil luften er varm, så al slags ord glider let igennem den.

"Hør, An' Katrin'!" siger den lyshårede karl til en lille, grinende, braknæset tøs. "Kan a it få dig til at sy den her knap fast, - skal a heller ta' en sting for dig en anden gang!"

Hun griner, så hendes tandkød bliver synligt. Han dikker hende på halsen, mens hun syer, og til gengæld stikker hun ham med nålen.

An' Katrin' er ikke meget i ro. Hun trækker Per Holt i hans store tå. Han griber hende i sine stærke arme og ser på hende med de sorte øjne under varulvebrynet. Men hun er villig, og Sofi' sidder dog ved siden af og stopper Pers hoser.

Så løber An' Katrin' hen og sætter sig på knæene af Ras Buus. Men han skubber hende bort: "La' vær', du! La' vær' du!"

"Vil du værsgo å la' min kærest være, An' Katrin'!" skæmter Sofi'.

Folkene morer sig.

Ras ser fjoget ud og bliver bare ved at skubbe bort og sige: "La' vær', du! La' vær' du!"

Og spindestuen ryster af latter.

Men Stine Kolds skarptskårne, stramme ansigt er uden smil. Hun sidder som indhyllet i urørlig kyskhed.

Imidlertid går An' Katrin' fra hånd til hånd, så hendes tjavsede hår sidder i et purl. Men hun bare ler under purlet og ender til sidst hos den krølhårede karl, med hvem hun snart efter forsvinder ind i sovestuen.

"Nå!" Stine Kold vender sit hoved som en fugl. "Da er de s'gu it vams!"

"Pyh – din snerrepotte!" blæser Ane. Hun sidder på knæerne af Hans.

Da der er stille, begynder Jens Trøst ganske svagt at nynne i en krog:

> "Dikke – dula – la – la,
> dikke – dula – la – la!
> Det er det, vi så gerne vil ha'!"

Men Stine Kold rimper munden endnu mere sammen og tager en maske ind på sin strømpe. –

Henne ved vinduet står en karl og en pige lidt for sig selv. Hun har presset sin talgprås mod vindueskarmen og bøjer sig over hans syge, opsvulmede finger, som hun varsomt løser linnedkludene af.

Karlen vånder sig af smerte, han vrider sit ansigt, og han bander. Men pigen pusler omhyggeligt videre, og hendes småsnakken lyder så tyssende og beroligende, som om hun hjalp et barn til rette.

Den blålige negl ligger løs i en gullig masse, og den tykke, bulne finger dirrer kuldskært, som han holder den ud i luften, mens hun henter det varme omslag.

Der leges rundt om i stuen.

Om Maren er der to.

Nis og den ene Fallingkarl.

Hun er stor og svulmende. Hendes kind blusser i et fint forgrenet, blomstret net af blårøde årer, og hendes øjne skinner af stærke sanser.

Det tirrer Nis, at hun giver Fallingkarlen fortrinet, og derfor siger han drilsk: "Du var it så kilden den anden aften, du lå ved mig!"

”Lå ved dig! Det er løgn i din hals!”

”Hva’ er’et, din sluske!” Nis rynker brynene.

”Jo – for det var s’gu dig, der lå ved mig, din gris!” Hun skoggerler.

Det gør de andre også.

Undtagen Ras.

Hans øjne spiller. For Sofi’ læner sig hengivent ind mod Per Holt, der sidder i bænkekrogen med armen om hendes liv.

Midt i lystigheden går døren op, og der skrider en kvinde hen over gulvet. Det er Malle; hun er højt frugtsommelig.

Der bliver et øjeblik lydløst stille i spindestuen.

Hun tager noget af en kommodeskuffe og går igen.

”Ok, det sølle, tykke menneske!” siger Sofi’ medfølende. ”Hun kan såmænd falde, hvad time det skal være. Og der er for resten så lidt halm i hendes seng!”

”Ja, men det er der s’gu da gode råd for!” siger et par raske karle og springer op.

”Der ligger så møj en dejlig frisk knipp’ ved den østre lem på lavloften!” råber Per efter dem.

Maren blinker til Fallingkarlen, og de smutter ud af døren.

”Rejs I ad helvede til!” muler Nis.

Men Per muntrer ham: ”Op med hovedet, Nis! Er der it en spandfuld, så er der fa’n hukme en landfuld!” –

Og så leges der videre på elskovens leg i spindestuen.

Men henne ved kakkelovnen sidder to og ser til.

Thilde på den ene side. Hun har en skæv mund og et fortrukket øje. Der kommer ingen til hendes dør. Det går med hende som med det overgemte, plettede æble, ingen har lyst at bide i.

Og på den anden side sidder Ras Buus. Han stirrer med en gal mands øjne efter Sofi’, og vanviddet stiger i aftenens løb.

Således sidder de vist begge to hver aften. –

Der brydes op.

De unge mennesker glider ud på den mørke gang, hvor der lyder en fnisen og varsom trippen, som dør hen i kamrene, krogene og ned ad trappen.

Per og Sofi' går ind i pigernes sovestue, hvor én række senge står på gulvet, mens en anden række er anbragt ovenover, hvortil små stiger fører op.

Når lyset er slukket, kommer der flere moslende herind, og det knirker og knager og puster og pusler i mørket, og der lugter af fugtigt, snavset tøj i det indelukkede rum.

Nede i gården står Ras med panden mod muren.

Og ud gennem gabet mellem de to gavle stryger en mand og en kvinde af sted. De tager vejen ad Lilleskoven.

Nis og et par andre sniger sig bag efter dem, kravler over diget, alker sig frem gennem pløjning, snubler, rejser sig og iler af sted, mens de hvisker og spejder, som de var på jagt. De svinger i en stor bue og lægger sig på lur ved skovledet.

Da Maren og Fallingkarlen når derhen, springer Nis op og råber: "Nu skal du den unde edeme slagtes!"

Fallingkarlen ser sig sky om. Men i samme nu griber Maren ham håndfast, kaster ham til jorden og strækker sig fladt dækkende hen over ham: "Værsgo!"

Hun siger det så fast og djærvt, og det hele gør så stærkt indtryk, at Nis og de andre langsomt fjerner sig under sjofle tilråb og drillende ord.

Men kærestefolkene går ind i Gyldholmskoven, hvor det suser over deres hoveder som af kæmpestore vinger, der svinges gennem den mørke nat.

3

Under lygternes skær ruller Anders sin firehjulede fodervogn frem ad den stenlagte staldgang. Han standser jævnligt for at fylde krybberne; og når han går ned af staderne med den tømte hakkelsebøtte, glider altid den ene hånd klappende hen over et hestekryds.

På fodervognen sidder "Laust", den gamle, grå kat. "Laust" tager sig regelmæssigt denne køretur frem og tilbage mellem båsenes rækker, og den sidder så vigtig med hagen trukket ind og ser så fornemt missende ud som selve den gamle komtesse, når hun fra Slottet kører ud ad alléen.

Karlene kommer fra aftensmåltidet. De står henne i portåbningens skygge og ser sig om, som de ikke ved, hvad de skal hitte på; står som en flok drenge, der er kommet fra skole, og som har trang til gavtyvestreger, nu skolemesteren ikke længere kan se dem.

De venter på, at materialkusken skal komme fra købstaden med småpakker også til dem.

Da "Laust" kører forbi, tager den krølhårede Karl høfligt sin hue af for den og hilser ærbødigt-skæmtende.

"Laust" synes virkelig at blinke nedladende til ham. De fleste smålér, og en af dem siger: "He-ja, det er satan til kat!"

An' Katrin' træder ind gennem den klaprende port med susende efterårsvind i skørterne. Hun har mælk til kattene. Hun kalder ud af døre og lemme, og der svares med kælen mjaven fra alle kanter. Der lyder bump af hop på lofter og gulv og krattende kløer i stængerne, - og gloende katteøjne gnistrer ud af halvmørket. Fra alle kroge kommer de, store og små, vilde og tamme, brogede, sorte og grå.

To og tyve katte.

De stiller sig ved lange trætruge, som An' Katrin' fylder med mælk.

Men "Laust" har sit eget trug.

Selv kattene er indlevet i den rangforordning, der råder på Gyldholm.

Mens de mange lyserøde kattetunger labber den hvide mælk, står alle karlene nogle øjeblikke ganske hensunkne i stille nydelse.

Men da An' Katrin' vil gå, klynges de om hende, som var hun en magnet.

Nis får fat om hende, og de andre skubber de to ned i en dynge strøelse, der ligger i en tom bås, og de bliver ved at dænge halm over de to, der pusler og kravler under stråt.

"N-å, det varer vist ikke længe, inden de falder til ro," siger en og blinker til de andre.

Så kommer materialkusken.

Karlene stormer ind i kammeret og omringer Niels Kusk. Han er en pæn gammel mand; hans halsklud med den faste knude sidder, som den var støbt, og der er ikke et fnug på hans helligdagslue; hans kinder og hage er nyraget, og det gråsprængte rundskæg omhyggeligt studset. Det milde ansigt står i ét stille smil, idet han siger: "Ja, ja, giv jer nu stunder, I knæjt', skal I nok få sagerne, he!"

Han har en ganske let rus, og når han taler, bliver hans ånde synlig i den kolde karlekammerluft.

Han haler op af lommen og deler ud ….. "Her er tobak til å ryg'. – Å her er tobak til å skrå. – Å her er igen til å ryg' … det er Smalfeldtes. – Her er plaster å salle å noget, der er godt for hoste. – Her er pung' til peng' å papir, der kan bliv' manne kærestbrev' ud av, å pen å blæk." – Han vender sig stille til staldkarlen: "Her er noget til dig, Anders!" Han rækker ham en pakke i avispapir, gennem hvilket noget af et brokbind stikker ud. - - "Her er en livrem til dig, Hans, å ståltråd til harmonikafjedre, Jens Trøst, …. så nu skal du it sørge længer, bette trøstermand, he. – Å en hvidskallet knyw … Hvor er han med krøller-

ne? …. Værsågod – en hvidskallet knyw med svane på a'
di ægte.” – Niels ransager yderligere lommerne …..

”Du har vel glemt mit!” siger én skuffet.

”Glemt! – Nej, Niels å mæ, vi, he, ved s'gu nok, hvad vi
gør – omendtrent da, - værsgo! – Å, det er sandt – en fla-
ske Køsters Bitter …. det er s'gu en dejlig dram! – Å din
klokk' var it færre … Ja, så er min lejs it længer, he!”

Niels tørrer sig om læberne med fingrene, om der mulig-
vis i mundvigene skulle sidde lidt saft fra skråen efter den
lange tale, og han føler sig til skægget, om det sidder ak-
kurat.

Niels er en ordensmand.

Og Niels er den første, der får lov at smage af flasken,
inden han går.

Så bliver der ganske stille i det kolde kammer.

Nis fordyber sig i billedet på tobaksposen, som det var et
herligt maleri, Hans lader fingrene løbe kælent langs liv-
remmens broderede bånd, som det var silke, og den krøl-
hårede smiler til sin blanke tomarkskniv, som om den var
af det reneste sølv.

Enhver, der har fået noget, står med det i hånden og flyt-
ter det mellem fingrene, mange gange, og betragter det i
tavshed.

Derefter går alle genstandene rundt fra den ene til den
anden; der ses på dem fra alle sider, og de vejes i hænder-
ne.

Som om disse småting var dyre og kostelige og skikket
til at fange alle menneskets tanker.

Så roligt og stille er der i det kolde kammer, hvis grå
vægge er som grumset is. Klamme og skidne er de mørke
sengeklæder, der ligger sammenklattede i fjælekasserne,
fugtige er gulvets brosten, og hvor de mangler, er der
huller, hvor rotterne har skudt den sorte muld i vejret.

Da fingrene er færdige med at tage på tingene, og hæn-
derne er blårøde af kulde, drikker de alle af flasken. Og de

pulser, så tobaksrøgen driver bølgende om i det store, mørke rum som skyer på en efterårshimmel, mens den osende flamme fra en enlig tælleprås lyser svagt som en tilsløret måne.

Der er ikke noget, som mere fængsler opmærksomheden. Nogle lader sig falde bagover i sengene, andre går til Anders Staldkarl i kammeret indenfor, Jens Trøst piller med fjedrene i en skrøbelig harmonika, hvad han har gjort de sidste otte dage, og han banker hænderne engang imellem. Men den lyse, krølhårede karl sidder hensunket i en stump avispapir, hvis indhold han sluger med store, åbne øjne.

Hos staldkarlen sidder ”Laust” på bordet som på et højsæde og tager nådigt imod den hyldest, som karlene, der står rundt om, bringer den, medens Anders fortæller om dens liv og levned.

”Den er snart li’eså klog som e’ mennisk!” siger én.

”Som e’ mennisk!” udbryder Anders. ”Ja det ….”

Han trækker bordskuffen ud. ”Se her står hans mellemmadder. Men nær a sejer ”nix”, skal han aldrig røre dem. Sejer a derimod ”værsgo”, så ….. I kan selv se, hvor de bekommer ham wal!” Anders stryger ”Laust” med hårene, og de andre ser undrende ud.

”Laust” selv synes fuldkommen tilfreds med tilværelsen. Men han er jo også over-kat.

Inde i det store karlekammer bliver der imidlertid jagt på rotterne. Der er en, som er kommet op i sengehalmen, og to kan ikke nå deres huller. Karlene kaster med støvler og træsko og stokke og klædningsstykker, hvad de kan få fat i, de støder til hinanden, løber på hinanden, kaster sig ned og falder over hinanden.

Og de råber og ler.

Men rotterne glider hastige henad gulvet som sorte poser, der bliver trukket i en snor, de står på enden ved mur og dørtræ, de prøver at hoppe og kravle op, og de kluntede kroppe dumper, når de falder.

Den ene er kommet i klemme ved en kiste. Den piber, da karlene presser den flad.

Da de trækker kisten ud, finder de en masse tobak. "Den unde edeme!" siger Nis. "Om det ikke er rotterne, der stjæler vor tobak!"

Og alle står stille med ét, som var de blevet borte for sig selv.

Så kommer Per Holt brasende ind ad døren. Han er svirende; han har drukket ovre hos husmændene, hvor han skal om at bo nu, når Sofie og han bliver gift.

Han bødler frem i kammeret, som om han skulle bryde igennem al ting, og sparker en stol hen i en krog. Han trækker op i bukselinningen og rører armene, som om han trængte til at få noget mellem hænderne. I mangel af andet omslynger han to karle, der står næst ved, og støder dem sammen, så det gylper i dem. "Kan I kjyss' hveranner!"

Men den ene siger: "Av, for satan!" og tager sig til næsen. "Din bøddel!"

"Hva' er du for en fis!" Per vipper vedkommende på hovedet i sengen. "Fa'n hukme – ist!"

De mange, unge øjne ser på Per Holt, som han står der med halvtåbnede, fugtigrøde, kødfulde læber og det dristige blik under de sorte varulvebryn.

"La' vos få noget drikkelse …. For helvede!" siger han. Og der blinker frem i hans ansigt et glimt af bevidsthed om, at han er et midtpunkt.

De mange, unge øjne ser på hinanden i små kast, som om de pludselig bliver opsatte på noget.

Og der går bud over til Bomholten. Han har engang været herskabskusk. Nu saver han brænde og er til alskens smånytte på gården. Bomholten går til høkeren måske seksten gange om dagen, hvad der for ham betyder lige så mange snapse af høkerens store glas.

"Nu skal a fortæll' jer noget," siger Nis og træder frem, som han vil gøre sig gældende ved siden af Per: "Stine Kold ligger i med Bomholten.

Mange på én gang: "Med Bomholten! ... Med den gamle kusk! .... Stine!"

"Ja – er der nu nogen, der kan begrib'et!"

"Det er også løgn. Tho en anden kan snart it få lov å røre hinner med yderenden a' den bette finger!"

"Har I da ikke lagt mærke til, så tit hun løber over i porten til ham?"

"Jo, men det er vel ærinder fra køkkenet av!"

"Det troede a også til i aftes. Men da fik a noget andet at se."

Mange: "Så' du'et!"

"Også med de her to." Nis peger højtideligt mod sine øjne, som om han gjorde ed.

"Så er'et sand'!"

"Den unde edeme!"

De godter sig.

"Men hva' for fanden er hun da så kniben med vi anner?" spørger Hans.

"Må a spør'," – Nis ser meget dybsindig ud, - "Må a spør', kan du forstå al ting?"

"Næ, men .... å sådan en gammel en alligevel ...."

"Gammel? – De gammel stud har fa'n hukme – hik – de styw hu'n!" siger Per Holt.

Så går flasken rundt, og Per fortæller, hvor meget brændevin han og husmændene har drukket i løbet af tre timer.

Den går rask rundt.

Den første.

De fleste forholder sig en tid stilfærdige.

Men under den anden flaske begynder de at svinge med armene.

Så rejser Per sig med huen i nakken: "Hvor længe skal du sidde og gnilre over den harmonika …. Musik, for helvede!"

Nis sætter sin hue ganske, som Pers sidder.

"Ja, musik!" brøler han, som han vil overtrumfe Per.

De andre gentager ordet, trækker op i bukselinningen og spytter sejt.

Og alle huerne sidder som Pers og som Nis'.

Jens Trøst spiller, Hans trommer på døren, og de andre udstøder alskens lyde og ser imens på hinanden med store, drengeglade øjne.

Per Holt griber harmonikaen. Han spiller ganske voldsomt, så bælgen brydes og brækkes, og instrumentet hvæser og puster som en gammel, angbrystet helmus, der piskes i galop.

Så kaster han den fra sig.

Først går der en misfornøjet bevægelse over Jens' træk. Men da Per bander på, at han ikke vil give en gammel skrå for hele spilleværket, bliver Jens også rask på det og kaster flot harmonikaen hen i en krog, hvorefter den under vilde hyl sparkes fra træskosnude til træskosnude, så længe den kan hænge sammen.

De drikker videre.

De bliver rødere og rødere, mere og mere varme.

Kræn har siddet stille som i dybe tanker. Så rejser han sig rask op, som om han har fundet ud af noget. Han slår i bordet og udslynger en rædselsfuld ed, han har udpønset, som ville han vise, at han også kan gøre sig gældende.

De ser sig om, som de søgte noget at slå i stykker. Men her i det fattige karlekammer er der jo næsten ingenting at få fat i, og vinduerne sidder højt oppe i muren, som staldvinduer plejer.

Der er én, der begynder: "Forvalteren, han …."

"Forvalteren! Han er en lort!"

"En rigtig slavekarl!"

"Den flab!"

Pludselig står Nis frem: "Skal vi gå op å hils' på ham?"

Det blinker i alles øjne.

"Er vi it fuldvoksen mennisker?"

Jo, som de kan bande.

Kræns tunge ligger tyk i munden, men han får dog frem, at han gerne kund' li' at få og se, hvordan sådan en fyr ser ud indvendig, og at hans kniv er rigtig godt hvas.

"Er vi enige?"

"A skylder ham for en lussing!"

"Han har også noget til gode ved mig!"

"Ja la' vos gå op å hils' på svenden!"

"Er du med, Per?"

"A følger, å a holder" – som han kan bande – "trop!"

Som punktum på beslutningen hugger Nis næven i bordet og råber: "A vil den unde edeme se hans tærmer, inden a sover!"

Så dingler de ud i gården, hvor den kolde vind stryger om de hede hoveder.

Forvalterens lys skinner fra tre fag på første sal, hvortil en udvendig trappe fører op.

Neden for trappen standser de.

De sorte skikkelser mumler længe indbyrdes og bliver stående.

Pause.

Så løfter der sig på én gang af mørket og tavsheden skrål og skrig op mod vinduerne, ikke ord, men bare lyd.

Nogle hænder løfter sig tyssende, og der bliver igen stille.

Og der mumles videre.

Kræn, der er tyk i munden, snakker igen om, hvor dejlig hvas hans kniv er.

De begynder varsomt at gå op ad trappen.

Per Holt og Nis er forrest, flere holder sig tilbage.

Nis vender sig og vinker, mens han holder sig til rækværket, og han hvisler noget ud af munden.

Så rives døren op, og forvalteren viser sig i åbningen: ”Hva’ satan i helvede er dette her!”

Der er intet for ham at se, da han kommer lige fra lyset.

Men der høres hurtige fodtrin, som svinder bort ude i gårdspladsens mørke.

Og Per Holt, der er den eneste, som bliver tilbage, kan han heller ikke se, for han står ganske stille i skyggen af trappesvinget.

”Er der nogen?” tordner forvalteren. Han står lidt og ser ud med ganglygtens lysskær som baggrund for sin store krop.

Så hugger han døren i.

Per Holt svingler hen langs bygningen, hvor han støder på et menneske. Uden at bekymre sig om, hvem det er, slår han til ham, så han tumler henad jorden.

”Hva’ satan er du for en skrædder!” siger han og søger ind ad døren, der fører op til malkepigernes sovestue.

Således ender dette blodbad.

4

I dræningsstuen ligger Stine Kold i vildelse.

Det er dræningsmestrene, der har givet stuen navn, da de bor her, når de opholder sig på Gyldholm. Den øvrige tid bruges den til forskelligt, også til sygestue.

Stine Kold har ligget således i flere døgn – gulbleg i ansigtet. Hun stirrer sygt, og hun slår vildt om sig, mens hun siger de særeste ord, og hun skriger indimellem. Hun slår ned i dynen og op ad væggen. Til tider bliver hun ved at hamre uafladeligt med den knyttede hånd i sengestokken, mens hun fører aldeles forvildet tale.

Til andre tider ligger hun stille med lukkede øjne, armen slap nedhængende som en vissen stængel, og brystet går febersygt og stærkt.

Det hoved, der før har rystet ad andres færd, virrer nu af egen smerte, og de stramme læber, der gerne udtalte strenge domme, sitrer nu, blege og blålige.

Stine Kold ligger syg af fosterfordrivelse.

Aloe og safran og alle de medikamenter, som hun har indtaget, har givet opkastninger, vridninger og vånde.

Alle ved, at det er fosterfordrivelse, men der kommer ingen sag ud af det.

Karle og piger ser ind til Stine, når de kommer forbi. Dræningsstuen ligger lige for hånden mellem de andre kamre. Og folk kan gå frit ud og ind, som de selv synes.

Somme tider er der mange herinde på én gang. De står mest stille, kigger og lytter. De taler kun lidt og lavt. Nogle har ondt af Stine, andre synes ikke ilde om, at hun nu ligger sådan, og atter andre fornemmer hele situationen som en underholdning.

Når Bomholten kommer ind til hende, smiler de fleste. Den gamle mand er helt bedrøvet. Han ænser ikke de tilstedeværende, han står ved sengen og lader hånden stryge over dynen.

”Bette Stine!” siger han.

Han har sig gerne en lille ”pisk”.

”Det er mi’ skyld, - hik! – du ligger her!”

Her er det, de fleste smiler.

Han tager hendes hånd. Men tit slår hun om sig, og han kan ikke komme hende nær. Hun opfatter intet af noget.

Bomholten ryster på hovedet, og som om ingen var til stede, siger han igen: ”Ja, bette Stine – det er mi’ skyld!”

Han har en flaske kirsebærvin med til hende. Han smager selv på flasken, inden han sætter den fra sig i vindueskarmen ved hendes seng.

"Ok, ja såmænd!" sukker den gamle Bomholt, der før har været herskabskusk. "Livets skæbne! – Livets skæbne!"

Han ryster på hovedet og går stille bort.

Men de andre fniser.

De spredes ad kamrene, trapperne og gangene, og de piger, der har noget at foretage, løber om med en talgvæge, som de, når de skal udrette noget, bare presser med et tryk mod væggen eller hvad som helst andet, hvor den så sidder fast ved sin egen klæbrighed.

Ved siden af dræningsstuen ligger de kvindelige mejerilærlinges værelse, og til dette har af mandlige personer herskabskusk nr. 2 og håndværkerne adgang efter den regel og rang, som har udviklet sig i den Gyldholmske stat.

Det er et samlingssted for mellemklassen.

Og dog betegner kuskens blanke vesteknapper og gartnerens grønlige forstmandstrøje også her en grænse over for bødkerens og smedens rent civile dragt.

Her er net og helt hyggeligt med de velplejede senge og kommoder med fotografier på.

De tre lærlinge – en slank, mørkøjet, en blond, bredbygget og en lille lys en – ser tækkelige ud i deres hvergarnskjoler og med håret strøget glat til siden fra den lyse skilning, så friske, som om de ikke lader sig tiltjavse af enhver fremmed hånd. De ser ud til at være gårdmandsdøtre ude fra bondebyens gode og velhavende hjem.

Gartneren vender sig til den slanke, mørkøjede, der skriver. "Je tror, do skrywer kærest'brev' hver aften, Line!"

Hans overskæg, der ligner vejret hø og er lysere end hans vejrbidte hud, hænger ned over læberne og ryster, når han taler.

"Det er ingen kærest'brev!"

"Mo je da it si'en!" Gartneren rækker ud, men hun holder sine lange, tynde fingre skærmende over brevet og smiler.

Da han rejser sig, udstøder hun et lille hvin, der dog ender i latter. "Vil du nu skøtt' dig selv, Peddesen!"

Den lille lyse slår leende med hænderne. "Nej, det er det væ'st, a ved!"

Hende ser kusken på, hendes vidåbne øjne og hendes blege, blå-årede tinding, mens han stryger de mørke dun på sin overlæbe.

Bødkeren og smeden strækker benene mageligt fra sig som de, der nyder aftenhvilen på et lunt sted; og de ryger – men med stort mådehold.

Et skrig høres inde fra dræningsstuen, og der vågner en interesse i alles ansigter.

"A troed' endda, at Stine havde været en ordentlig pig'!" siger den mørkøjede.

"Det trowede je osse, Line!" Gartneren ser med sugende øjne på hendes slanke, svajede ryg.

Den blonde, bredbyggede bider ivrigt sytråden over: "Å så ta' ind for 'et!" siger hun.

"Ja, det er det væ'st, a ved!" Den lille lyse lader hænderne synke og taber sit hæklegarn.

Kusken rækker hende nøglet. "Va ded dog æ en sød, lille ting!" siger han på blødt øbomål, som om han mente hende selv.

"Men nu ligger hun også med svien," siger den bredbyggede bøjet over sytøjet. Så hæver hun stemmen: "Å så må vi også tænke ved, te det er en forbrydels'!"

"Ja, ligefrem en forbrydels'!" bekræfter den slanke.

Den bredbyggede flytter lyset for bedre at se. "Men a tror snart, folk bliver tåbelig' på den her gård. Mejersken, hun … ja, a ved snart it, hvordan hun er – men a si'er ingen ting."

Gartneren sukker.

Stilhed.

"Da går'et osse varmt til ovre på Slottet i aften," siger kusken.

Alle interesserede: "Gør'et!"

"Ja, der er jo herreselskab, og der er go'en bud etter Rasmus fra Sneglehuset!"

"Så er ladefogden vist ikke hjemme i aften," skyder bødkeren ind.

Men smeden siger: "Ja, når Rasmus skal over på den anden side af det hvide stakit, så er'en s'gu hvas!"

"Hvad skal han da der?" spørger den lille uskyldigt.

"Ja, hvad skal han der. – Hm! - - Han skal sige de værste svine-ord, han kan finde på, og for hver nyt ord, de ikke har hørt før, får han en mark!"

Gartneren stryger sig ned over skægget: "Så har vi dem nok ved midnatstid – no'en a' dem da – i jomfruburet her ved siden a'!"

"I pigekammeret?" Den lille, lyse lærling gør store øjne.

"Så sandt je hedde' Peddesen!"

"Det er det væ'st, a ved!" Hun standser hæklingen et øjeblik.

Kusken ser spørgende på hende.

Den slanke slutter sit brev.

Efter et lille ophold spørger bødkeren stille smeden, om Ras Buus ikke er kommet tilbage.

"Nej. – A tror nu, han gør en ulykke."

"Hvitter var'et, han rendte?"

"I går, da Per Holt og Sofi' kørte til kirke, strøg han af sted."

"Det er også synd, som de har drevet spil med ham, fjoget!"

"Ja. - - Det var nok et rask bryllup!"

Alle: "Var'et!"

"Ja, de holdt et vejrlag der omme i husene, så det kunne høres en halv mil hen. Røde-Jens stoppede Jakobus på hovedet i svinetønden – han havde s'gu nær kvalt ham. Og Per Holt, han gav da Tammes Forkarl et par under vingen."

Gartneren puster i skægget: "Ja, Per har altider våren en slem dreng, je kinner ham fra Klosteret av!"

"Å så den sølle Ras!" siger bødkeren.

"Ja, a tror nu, han gør en ulykke. A tror'et nu!" Smeden stopper piben i lommen.

Det er sædvanlig sengetid. Men ingen bryder op. De bliver ved at sidde og drive, som de ventede på noget.

Ved enhver lyd ser de uvilkårligt til hinanden. Men de siger ikke noget.

Pigernes albummer ses igennem. Og det sker så langsomt som muligt. Al ting hales ud så længe, det kan.

De døser og gaber.

Men i seng vil ingen af dem.

Endelig tumler der noget frem ude på gangen.

Alle bliver med ét vågne, og den lille lyse ser op med sine store øjne og hvisker: "Der er de!"

Det er drukne mænds stemmer, og det er uregelmæssige trin, der lyder ude på gangen. Det er, som der var hundrede ben på gulvet, og selv da mændene standser ved døren til malkepigernes stue ved siden af, står benene ikke stille. Der er en trampen og mudren og mumlen.

I lærlingenes værelse lytter alle med halvtåbne munde ved døren. De står klumpet sammen.

"La' vos linde døren!" hvisker den lille og trækker øjenbrynene i vejret.

Forvalteren leder og styrer. Han siger: "Nu må De fanden skal gale mig ikke gå i den første på højre hånd, det er min!"

Der bliver en hvinen og skrigen. Der tumles og kæmpes. Og der brumles.

En let påklædt pige klemmer sig ud ved forvalteren. Det er Birthe. Hun skælder ud, og hun bander.

Forvalteren svarer: "Hvad satan er det for kunster! – Er du for god kanske?"

Birthe bliver ved at skælde ud. "Sådan et tyk svin. En skal vel it ha' lemmerne kvadret!" siger hun, da hun går forbi lærlingenes kammerdør.

Snart bliver der stille inde i sovestuen.

Og håndværkerne og kusken fjerner sig.

Den slanke lærlings mørke øjne gnistrer. Den blonde, bredbyggedes bryst går voldsomt. Og den lille lyse sætter sig på sengekanten; det banker heftigt i den blege tindings blå årer, og med sine store, forundrede øjne ser hun tanke-fuldt-alvorligt frem for sig.

"Nej," siger hun stille og sukker. "Det er det væ'st, a ved!"

Da kusken går ned ad trappen med sin lygte for at kom-me over i herskabsstalden, falder skæret på et par, der omfavner hinanden inde i kældergangen. Det er Birthe, der lader sig trøste af den gamle kancelliråd.

Udenfor hviler mørket skjulende over jordens underlige veje og menneskets onde og gode gerninger.

Som en kæmpemæssig kappe indhyller natten den gamle gård, så ikke en stjerne er synlig.

Kun vægteren lyser. Med sin hund går han langsomt frem mellem længerne, holdende i sin hånd en lygte, der spreder en tåget lyskreds om sig i den fugtige luft. Han går gennem staldene, hvor lyset glider langs rækken af de mange ruder. Han går uden om alle bygninger, norden om ladegården op til Slottet, hvor han råber klokkeslettet for kammerherrens sovekammer, og sønden om går han tilba-ge igen.

Den gamle vægter, der næsten aldrig sover, men heller aldrig er rigtig vågen, skrider med sin lygte i den lov-bundne kreds som et himmellegeme i sin bane.

Hver time, når vægteren og hans hund går om hjørnet af svinestalden, er der et menneske, der viger ind i et skur og trækker døren til.

Men hver gang vægteren er forbi, stiller skikkelsen sig igen på sin forrige plads, som på post.

Han rører sig ikke. Han står stadig i samme stilling. Som var han hugget ud i sten.

Endnu da vægteren har fri, og mugeren og mejerifolkene har tændt lys i fæstaldene, står han der urokkelig med ansigtet vendt i retning af arbejderhusene.

Og således bliver han stående, til der skimtes omridsene af de første arbejderkoner, som kommer for at malke på gården.

Så kryber han halvt ind i skuret, foretager en bevægelse med højre arm og bøjer hovedet som for bedre at gennemtrænge mørket med sit blik.

Flere koner går forbi. Men så kommer der to ifølge. Da de er lige for ham, fuser som dampen af en kedeltud ild i røde og gule gnister ud fra skuret, - et glimt, og der knalder et skud rungende ind mellem Gyldholms længer.

Og der lyder skrig og jamren.

Men Ras Buus kaster bøssen fra sig. Han løber over gården i sin kluntede galop, tværs over møddingen, gennem en smøge mellem to lader og langs gennem kostalden, hvorfra han drejer ind i vinkelhuset, hvor studene og tyrene har deres plads.

Han kaster sig i krybben foran den allergaleste tyr.

Den snuser først til ham. Så begynder den at trippe og brumle. Den stanger med sine horn og sin krølhårede pande i træværket, så stænget ryster hele rækken ned. Den rasler med lænkebidselet, men den er bundet så stramt til begge sider, at den ikke rigtig kan få ram på Ras, der nu gør sig så lille som muligt og skriger af alle kræfter.

Endelig får det ene horn fat. Men hans tøj rives, og han undslipper. Dette gentager sig, og den vilde tyr bliver rasende.

Den vender langsomt de store, sorte øjne. Den løfter hovedet, og dens raseri får luft i nogle hvæsende halslyde. Den gaber med tungen langt ud, og slim og slab savler fra kæberne og fra de udspændte, hårede næsebor ned over det våde, blålige, prikkede muleskind.

Dens hule, dybe bruml kalder folk til. Med stor møje får de Ras trukket frem.

Hans tøj er revet op, han er blodig og ser ud til at være ilde medhandlet.

Men Sofi' har ingen skade taget; det var den anden kone, der fik haglene.

Da gårdens daglige arbejdstummel er i fuldt kredsløb med tærskemaskinens rystende stød som pulsslag, kører de bort med Ras Buus.

Ind i den ramske efterårståge forsvinder vognen.

5

Per Holt er indskrevet som ægtemand i Falling Pastorats kirkebog. Han synes selv, at dette højner hans stilling og forlener ham med en vis værdighed.

Han er altså rigtig mand nu.

Han har noget at råde over nu, kone, børn og hus … Han har lige været oppe hos forvalteren og har i sin trøjes inderlomme kontrakt på husly og arbejde for tre år og bor nu nede i rækken mellem de andre husmænd, har sin egen dør at gå ind og ud af og sine egne to stuer at regere i, som han synes ….

Ja, nu er han fa'n hukme mand. – Per spytter ud over marken, som om han ejede noget af den. Og fornøjet ser han ud; han har været i et kørende ærinde af by og har fået kaffepuncher på vejen og – æ – man er jo ligefrem livsforsørget, når man bliver fast husmand på Gyldholm, synes han.

I dag er det desuden søndag. Per har sine lange støvler på og bryllupshabitten, - det er nemlig det eneste tøj, han har at vise sig i uden for Gyldholm. Han er i godt humør, og vejret er smukt med roligt sollys over alle ting, over huse og træer, der står skarpt og tydeligt i den klare luft.

Per fryder sig i bryllupstøjet, og fødderne er så dejligt varme i de ny støvler – han synes ligefrem, han spadserer lige ind i en ny tidsalder, som han går over mod den lange række af huse, hvor Gyldholms arbejdere bor.

Gyldholm Huse ligger for Slottets vinduer, så de kan ses deroppe fra, men dog fjernede så langt, at de ikke kan genere. De tarvelige arbejderboliger fremhæver ved modsætningen Slottets ophøjede fornemhed, og de ligger i nærheden af indkørslen som hunde ved deres herres fod.

Slottet og husene ligger på hver sin side af det hvide stakit. Det pyntelige parkanlæg med buskadser og brede gange, hvor sirlighed og stilhed råder om den høje borgbygning, - og på den anden side de lave, grå huse med havestumper af gennemrodede kartoffelstykker og med tummel af talrige børn i usle klæder. Rigdommen og fattigdommen, så nær ved hinanden, men dog på hver sin side af den fine, skarpe linje, der synes så ubetydelig og dog er så vanskelig at overskride.

Som kammerherren med sit gamle racepræg står rank over for en tilsnavset arbejder, der bøjer sig med huen i hånden, således ligger Slottet over for Gyldholm Huse.

Per følger stien. Stien fra ladegården til husene. Stien, der er slidt ned i marken som en fanges spor i cellen, hvor han evindelig går, slidt af tusinder fodtrin, som mænd og kvinder og børn har trådt på deres livsgang fra husene til Gyldholm og fra Gyldholm til husene, frem og tilbage mellem ædested og arbejdssted.

Kirkeklokken ringer over Darum, Falling og Ørum, over Gyldholmskovene og haver og levende hegn.

Oppe under landevejspoplerne strømmer mennesker ad Ørum til for at høre højskoleforstanderens søndagstale. Og denne strøm mødes og krydses af andre skarer, der kommer fra flere sider og søger hen, hvor den gamle sognekirkes klokke kalder.

Men folkene på Gyldholm går kun efter den store madklokke, som hænger i en selvgroet trægaffel uden for døren til kældergangen.

Per Holt går frem ad stien til husene med hatten på snur, med fugtige læber og strålende øjne, som om han i følelsen af sin lette rus og sit unge legemes sunde blod var oplagt til at træde al ting ned, overmodig og sorgløs.

Husene, der hver har to lejligheder, ser ganske ens ud som soldater i uniform, og de ligger alle i en snorlige række som et geled, der er under kommando.

Ud fra et af husene kommer en kone i opsmøgede ærmer med et par stykker småtøj, som hun vikler op og hænger til tørring, hvorefter hun går ind igen. Lidt efter gentager det samme sig fra et andet hus, og fra et tredje og fjerde. Så kommer den første igen. Ud og ind går konerne som mekaniske figurer i legetøjshuse. Et stykke nede i husrækken standser pludselig to, som om den bevægende mekanik var gået itu – de står med hænderne i siden og ryster på hovederne, eller nikker og nikker, hvor de står, mens de andre bevæger sig ud og ind af dørene i de små huses gavle.

På buske og andet opstående langs husene hænger tøj til tørring. En hullet skjorte, en trævlet bluse, overstoppede sokker, det fattigste undertøj, småfolks ralter og pjalter, børnetøj, bleer og enkelte stykker pynteligt linned, hvor der bor unge folk … Ugens eller dagens smule vask hænger ud for hver lille lejlighed.

På den alfare vej, som fører forbi husene, inde i smøgerne og de små baggårde med møddinger, grisehuse og tørverum er der livligt af børn. Der er talrigt af dem alle vegne, de kryber op ad al ting, ad alle trapper og ind ad alle luger og lemme og døre ligesom noget, der vokser.

De breder sig frodigt, som følfod. Og så ler de og græder, skændes og slås.

Men den myldrende støj, som de laver, gennemskæres af og til af to skarpe, stridende kvinderøster fra en skjult krog etsteds.

Per Holt drejer ind ad gavlen til Røde-Jenses lejlighed. I den fattige, uordentlige stue er der et bord og nogle stole. Og der er to store senge, der står med enderne sammen, og på hvis bund der ligger noget forkrøllet, dunet, fnugget dynevår.

I den ene seng leger to småbørn stilfærdigt, som om de er rædde for at vække faderen, der i arbejdstøjet strækker sig i den anden.

Per hilser ham således: ”Er du vågen, Jens, - for det er fa’n hukme a!”

Jens rejser sig og purrer op i det viltre, røde hår og skæg med sin kødrige, fregnede hånd.

”Du er nok på støvlerne, Per!” Han gaber. - - ”Mig og Store Povl har s’gu ellers sat å få’t os no’en bær, du!” siger han med en rusten stemme, som om ordene gik over takker.

”A går lige straks igen!”

Jens svinger benene over sengestokken. ”Bærer du kanske it selv din’ bowser?” spørger han og skotter til ham.

Jo, som Per kan bande. ”Her ser du en mand for dig.” Per retter sig med humør. ”Som har aftjent sin værnepligt ved 3. eskadron, 5. regiment, nr. 480!”

Jens smiler og løfter brændevinsflasken mod lyset; der er ikke meget tilbage.

”Line!” råber han mod køkkendøren.

”Og som nu er fast husmand på Gyldholm,” vedbliver Per.

Jens skænker og ser på ham.

”Og som har kontrakten i lommen!”

”Nå, er den underskrevet?”

Ja, som Per kan bande.

”Skål da! ….. Line!”

Døren rives op, og konen står der, pjusket og mager, næsten udtæret. Hendes døde øjne ligger som et par tinknapper i det grå ansigt, der er ubevægeligt som en maske.

”Kan du ikke overkomme at hente os noget øl, hva’!”

”Vi har it mere.”

”Har vi it mere?”

”Aller en drip.”

Han ser lidt på hende. – ”Luk da døren, for hel-vede ….. nolens – niks – pst – færdig!”

Hun skrider ud af døren som en voksfigur.

”Nolens – niks – pst – færdig!” gentager Per og griner.

”Hja, der skal jo en til at kommandere – ellers gik’et s’gu galt, hva’! – Skål du!”

Jens sætter sig til rette.

”Det er dævlen tejme da søndag, Per!”

Da der ikke er mere i flasken, går Per – men bare ind ad gavlen lige overfor, hvor Store Povl bor.

Povl sidder på en stol og søger at blive herre over sine ansigtstræk. Maren står foran ham og skænder.

Per spørger, hvad der er i vejen.

”Å – han har sat over ved den Røde og drukken sig fuld, klodsen!”

”Ja, men Maren – hik! A er da it svirend’ – sådan …”

”Nej, du er it svirend’! Tho du kan s’gu døje med at stå på dine ben – hum!” siger Maren med en vis ru godmodighed.

”Nolens – niks – pst – færdig!” griner Per og slår ud med hånden.

”Nå, du er også halvtåbelig!” Maren kratter sig i håret og ser fra den ene til den anden.

Per griner.

”Ja, du kan sagtens stå der og grine, men det er mig, der må tumle med det store mennisk’!”

”Ja, men Maren – hik ….” Povl rejser sig med besvær. Han er næsten dobbelt så høj som konen.

”Nå klods! Driv nu it over mod kakkelovnen endda!” Hun plukker i ham ligesom en fugl i en træstamme.

”Ja, men Maren – a er da it helt fu-uld …. er a?”

”Om du er! …. I er s’gu no’en pæn’ dreng’ er I” Hun puffer ham og rykker i ham. ”Havde a ham endda a klæerne, klodsen.”

Så stikker Tammes Forkarl sin duknakkede overkrop med det duvende, langnæsede hoved ind ad døren. Han er bleg og barhovedet.

”Nu har’et – tawn Amalie igen!” siger han forpustet.

”Hun skuld’ ha’ no’en tæ’sk!” vrisser Maren. ”I hinner bare ende, skuld’ hun. Men du er for tålle, Tammes!”

Tammes vrikker på de skævtslidte skuldre og klipper med øjnene.

”Ja, a har nok i mit – kan du vel se!” Hun peger på Povl, hvis famlende blik søger at opfange billedet af Tammes.

Per stiller sig alvorlig an og siger: ”A kender’et fra Klosteret av, der havde vi en pige, hun havde krampen li’sådanne. Nu skal a følge med!” Han halvt skyder Tammes ud af døren og smiler, idet han vender sig.

”Hm!” – siger Maren til sig selv – ”det bliver nok en skøn doktor, ham!”

Tammes Forkarls stue er hyggeligere end de andres. Her er endog kommode med to porcelænshunde på og amerikansk ur med slagværk. Og på væggen i lillestuen, hvortil døren står på klem, er der skilderier. Her er ingen børn, kan man se.

Her er en gloende hede, så det prikker i huden.

Amalie ligger på sengen med lukkede øjne og skærer tænder.

"Allerførst frisk vand!" siger Per og knapper hendes kjoleliv op.

"Ja," svarer Tammes og fipper omkring.

"Men lige fra brønden!"

Så snart Tammes er ude, tager Per på hende, som han plejer at tage på kvinder, han kæler for.

Amalie slår øjnene op, mørke og glansfulde.

Hendes pragtfulde hår har løsnet sig.

I første øjeblik er hun sky, men Per tager hende blødt i sine stærke arme.

Hun ser på den unge, kraftfulde skikkelse, som står bøjet over hende med det dristige blik under varulvebrynet, så forskelligt fra hendes mands tamme og rædde udtryk, - og hun smiler.

Han kysser hende.

Alt dette foregår med lynets fart. Hun lukker igen øjnene, da Tammes er der med vandet.

Amalie lever straks op. Hun bliver bare ved at hive lidt, mens hun går omkring og piller ved stuens småting.

Der er noget let og fint ved hende, som om hun bliver skånet for arbejde.

Per må vente og få kaffe. Og da han går, takker Tammes ham meget.

"Nej – selv tak! – Det er jo sådan et tilfælde. Og skuld' det ske en anden gang, så ..... send bare bud!"

Da Per svinger om hjørnet af huset, ler han ved sig selv og træder med sine ny støvler i vejsnavset, så det sprøjter.

Så fløjter han sin yndlingsvise:

"Den karl, som kongen tjene kan
med færdighed og mod ...."

Han kommer fobi Jakobus' lejlighed, og – han drejer også derind.

Han kommer syngende ind. Jakobus, der ligger bagover på sengen, ser op. "Du har nok været af by, Per!"

"Ja – og nu har a underskrevet kontrakten!" kommer det lidt brat.

"Det er fornuftigt, Per!" Jakobus rejser sig og fjerner dun og strå, der er blevet hængende i luven og lapperne af hans klædning. Så bryster han sig. "Jo, En har sit visse – og bolig og brændsel!" siger han, som om han var indehaver af et stort embede. Og han vrikker med det lille, runde hoved.

Per står, som han ville gå igen. Der er uro over ham, som om han har lyst til at opleve noget. Han vil alle steder ind og har ingensteds ærinde.

Men så begynder Bolette at lade munden gå: "Nu har Sofi' vel endelig få't skidtet ud af lejligheden efter den mogso til kone, som Niels Kusk har ... At sådan en kan ha' tjent oppe på Slottet i tre år – nå, det er jo en, der kan gøre sig så sleg og skøn, når'en vil. Men der er da vist it mage til so i otte pastorater og ti kirkesogne – æv! – Men nu er vi da hende kvit, Gud ske lov! Og nu kan hun jo moge oppe i det gamle skovhus, så galt hun vil, så er en anden da fri for at se på'et!"

Som for at afbilde sin egen renlighedssans griber Bolette en fjervinge og fejer kakkelovnspladen, så støv og aske pulser om hende i en tågesky. Ombølget af denne med hænderne i siden og med fjervingen som en skuldret sabel bliver hun ved: "Og stjæle det vil hun da også. Ja, det ved du jo nok. Som nogen ravn. Men alligevel storagtig ....

Hendes mand er jo materialkusk, som om det var noget –
pyh! Men en anden kan knap kom' på siden a hinner …
Og sikken kæft! Altid det sidste ord – altid den klogeste
… og så er'et endda så lusarm, knaset, te'et knap kan
hænge sammen … Og hun gad it engang stoppe hinner
egne hoser, men skar fødderne af og gik på skafterne …"

"Nolens – niks – pst – færdig!" falder Per ind og griner
over hele ansigtet.

Et øjeblik standser hun, som når en vogn i fuld fart mø-
der en forhindring. Men hun bare trækker vejret, mens
hun ser på ham og kører videre: "…. og gik på skafterne,
som hun bandt for med sejlgarn, for a har selv set'et, og
derfor kan a sige'et, ja – den tyvekvind'! … Sølle mand,
der skal belemres med sådan en tingest … og det var jo
heller slet ikke hinner, han ville ha' haft. Stjæle vil hun,
og stjæle skal hun, og hvis ikke kammerherreinden var så
god, som hun er, havde kællingen også sat i tugthuset nu,
så sandt a står her en synder for Gud …"

Pludselig afbrydes Bolette af en støj udenfor. De lytter
alle tre.

"Men Gu' fader fri os, hva' er det!" Hun styrter ud med
fjervingen i hånden.

Det er Røde-Jenses Peter, der har lukket Jakobus' gris
ud. Hjemme hos Peters har grisehuset stået tomt i mange
herrens tider, derfor er han gået ind og har kløet Jakobus'
gris med et ris og så med ét fået lyst til at åbne døren for
den.

Nu farer dyret frem mellem kasser og spande og, hvad
der ellers står i de små gårde. Børnene standser deres leg
og deres tårer, hvor grisen kommer hen, og de forfølger
den, omsværmer den, klynger sig tættere og tættere om
den som en sværm bier, der i flugten samler sig om en
pilekvist.

Og de vifter med armene, hujer og hyler, falder over
hinandens ben og tumler af sted igen, grisen forrest, deref-

ter børnene, og til sidst følger Bolette med fjervingen i hånden, som hun truer med.

Hendes stemme hviner engang imellem gennem det almindelige stormsus af råb og skrig og latter.

Den vilde jagt går ud og ind mellem Gyldholm Huse. Koner farer ud af dørene. Mændene vågner af deres søndagsdøs og kommer frem for lyset, glipper med øjnene og skudrer sig, Kræn Sows, Niels Præst, Bette-Lasse, Palle ...

Der er tykt af mennesker langs med husene, og kun de spæde børn bliver tilbage i de tomme stuer.

Så viser der sig imidlertid noget, som lægger en dæmper på hele lystigheden, som når skolemesteren træder ind i klassen.

Oppe på vejen kommer en lukket vogn. Der er to musegrå heste for. Det er jægermesterens fra Sørig Kloster. Lidt længere borte viser sig to lukkede vogne til. Der er middagsselskab på Slottet.

Grisen indfanges. Der tysses på børnene, og de jages ind i baggrunden. Konerne står på lur og kigger bag dørene. Mændene stiller sig ved gavlene eller giver sig til at småsysle med et eller andet.

Og de tager deres huer meget dybt af, da de musegrå heste er lige for.

Kusken, der sidder på bukken, som var han hypnotiseret af hestenes blinkere, er i gråt og høj hat med roset i sølv og rødt.

Så kommer baronens strålende karet, baronens fra Løvenborg. Her er hestene kulsorte som skægget på den kæmpestore kusk, der sidder strunk som en garder i pelsslag og bæverskindshue.

Men justitsrådens kusk, der er den sidste, har hue med sølvbånd og mørkeblå chenille, hvis slag er svunget tilbage, så det røde for bliver synligt. Hans heste er fuksrøde med hvide sokker.

For hvert par blanke heste og hver skinnende vogn bøjer husmændene sig – nejer og rejser sig igen, så der går som tre bølger langs de grå huse, idet de tre ekvipager farer forbi.

Så trækker husmændene vejret, som når man har haft et smukt syn, eller som om noget er overstået.

”Sikken et par rådyr – de musegrå!” siger en.

Men en anden holder på baronens de kulsorte.

”Og hva’ si’er I til ham i alt det lodne? Han ligner sateme en, der er udenlands fra, og så det it anden end som smedens Hans!”

Der er også en, der foretrækker de fuksrøde med de hvide sokker.

Så går konerne til malkning ovre på gården.

De sidste kaster i skyndingen et tørklæde over hovedet, efter at de er kommet ud, og råber til mændene om at se godt efter ”den bette” og passe ilden.

Og så går konerne en efter en eller to ifølge ad den dybtslidte sti, som danner forbindelsen mellem husene og Gyldholm Ladegård.

Per står et øjeblik, som han var rådvild. Så tager han i sin egen dør.

Sofi’ er ikke til malkning, da hun nylig har barslet.

Der er lige, hvad der skal være herinde, en seng, en vugge, et bord og to stole – akkurat til at ligge og sidde på og heller ikke en smule mere.

”Det var en lang bytur, a kan ikke forstå, hvor længe …”

”Nolens – niks – pst – færdig!” afbryder Per hende og retter sig.

Hun ser på ham, som om der er noget fremmed i hans øjne.

”Kan du ta’ ved din mands støvler!” siger han venligere.

”Skomageren var her for resten i dag. Han ville gerne ha’ no’en penge snart!”

"Ja, - de vil ha' penge alle sammen. En kan da ikke træde dem op af jorden. – Gi' mig no'et mad!"

Han får fedtebrød og sort kaffe.

"Nu er papirerne i orden!" siger han og kaster kontrakten på bordet, som var den en obligation på flere tusind kroner. "Og vi kan hente en gris, hvad dag vi vil. A vil fa'n hukme ha' sul mellem tænderne, nu!"

Da han er færdig med måltidet, fløjter han lidt og lader sig glide bagover i sengen, hvor der ligger en dreng på et år.

Snart snorker han.

Sofi' sidder lidt og nikker ved bordet. Snart sover hun også.

Da de vågner, skinner månen ind i stuen. Per trækker sit bryllupstøj af, og de går i seng.

Noget efter lyder der fjerne råb. Det kommer nærmere og nærmere og bliver stærkere og stærkere. Uden for vinduerne stiger det til et uvejr af hylen og sang og galen og mjaven og rå latter, som om huset skal vælte. Det drager forbi og taber sig ad gården til.

Det er karlene, der kommer fra Falling Kro.

Middagsgæsterne hjælpes af tjenende ånder til rette i de lukkede vogne.

Vægteren går sin runde på Gyldholm.

Og så er den helligdag til ende.

6

Det summer inde mellem Gyldholm-længerne, snurrer og summer.

Det lyder stærkere og svagere på forskellige punkter i den store gård. Mellem fæstaldene overdøves lyden af en arbejdsvogn, der skumpler frem over brostenene; ved mejeribygningen er det blikspandenes genlydende klingen og pigernes træskoklampren mod cementgulvet, der fanger ørene; i nærheden af svinehuset drukner alt i grisenes skærende skrigen, når de skal fodres; og omme ad den stille slotspark efter lyder blide kluk og pludrende kaglen fra høns og kalkuner. Men alle sådanne lyde stiger frem og svinder bort, hvorimod der bliver tilbage en dalende og stødvis stigende dirren, der høres overalt som en vedblivende grundlyd.

En snurrende summen – som fra et indelukket insekt af uhyre størrelse.

Det er tærskeværket, der går inde i den store lade – drevet fra et lille maskinhus udenfor, hvor smeden både er mester og fyrbøder.

Tammes, Nis, den krøllede og Kræn kører fulde vognlæs ind fra stakkene og de andre lader. Store Povl griber regelmæssigt med sin fork, som en mekanisk klo, neg efter neg, som han fører hen til Jakobus, hvis højre hånd lige så regelmæssigt stikker frem med en kniv og skærer båndet over og samtidig skubber neget videre til Røde-Jens. Denne fanger det som en maskines arme og lægger det til rette i værkets gab, som sluger neg efter neg, der tærskes og valses, rystes og renses, så stråget til sidst kommer ud af rysteren til den ene side og kernerne af tudene til den anden. Per Holt hænger sække under tudene, vejer dem, når de er fyldte, og bærer dem bort. Ved rysterne på den anden side står Bette-Lasse og piller og knykhoster i støvtågen. Og en hel række husmænd bærer halmen bort på hovedet i knipper så store som uldballer.

Fra den tid negene køres ind af den ene ladeport, gennemgår de et kredsløb, indtil halmen bæres bort gennem den anden port, og kornet løber ud i sækkene, hver ting for sig, - som det urene og rensede blod strømmer til og fra lungerne i det menneskelige legeme, - alt sammen drevet af maskinernes stempelstød, der virker som et pulsslag.

I dette kredsløb forsvinder individet, hver enkelt arbejder forvandles til en maskindel, der sammen med andre maskindele frembringer kornets gyldne strøm, der rinder dagen lang og kun holder op med at rinde, når arbejderne spiser eller sover, - ligesom kværnguldet i de gamle sagn.

Snavsede og grå af det hvirvlende støv bevæger arbejderne sig tavse og sløve som automater. Deres mund er tætlukket, og i den snurrende larm kan de intet høre, ikke overforvalterens dupsko eller ladefogdens støvlehæle.

Men på øjnene, der følger opsynet, kan det ses, at de er levende mennesker. Det hvide i øjnene, når de skotter, er nemlig modsat den side, hvor ladefogden opholder sig, og dette hvide i de af støv og sved tilsnavsede ansigter skifter plads, som ladefogden skifter ......

Med ét går der som et nervøst ryk gennem arbejderne.

Selve kammerherren står der lige ved.

De snavsede, knortede hænder løfter huerne, og kammerherren genhilser let.

Kammerherren er høj med en kort nakke, lang hals, nedhængende mundkroge og et indtrukket dobbelthage-parti, en stor krum næse og stærkt kuplede, lidt udstående øjne.

Kammerherren er i engelsk dragt og velfriseret.

Kammerherren står lidt og ser på, hvorledes det hele fungerer. Det klaprende værk, der står dybt i jorden, og de puslende gråmænd i det halvmørke laderum, der kan minde om de underjordiske i et bjerg af støv, - synes at underholde ham.

Han lægger mærke til Per Holt, der som en hoveddværg lethændigt svinger de tunge sække.

Kammerherren lader med velbehag sit blik dvæle ved kornstrømmene, der rinder ustandseligt ud af tudene, og ved de fyldte sække, der står på loen i tre rækker.

Hundrede i hver.

Så går kammerherren med stramme lægge, langsomt og gravitetisk ud i den lyse slotspark og den stille skov.

Lige så tavs, som han er kommet.

Men ladefogden bliver tilbage hos arbejderne.

Ladefogden er altid over dem som en truende sky. Han følger dem altid som en skygge.

Mens hænderne mekanisk passer deres, synes tankerne kun at hænge ved ladefogden, hvor han går, og hvor han står, når han flytter sig, og hvorhen han vender sine øjne.

Værket snurrer og summer. Støvet hvirvles let op og daler tæt ned, og støvgranene koger og gnistrer, når de stiger eller synker gennem den lyskegle af sol, som fra en rude lægger sig tværs ind i halvmørket.

Stadigt synes arbejdernes eneste livstegn at være knyttet til ladefogden. Det mærkes ligefrem, hvor han generer. Mellem de to parter fornemmes rent uvilkårligt et sammenspil som det, der findes mellem en skrap skolemester og børn, der er tvunget under ave ....

Endelig viger ladefogden fra dem. Han fjerner sig ad den lange kørelo, hvor hans skikkelse formindskes, som han nærmer sig udgangen.

En af de yngre husmænd, Niels Røn, står netop ved et kighul, hvor han mellem to bjælker kan se ladefogdens ryg. Og som han står der og kigger, tændes i hans blik og miner et indfald, en kådhed.

Så snart ladefogden forsvinder, stikker Niels en kost op til skiven og skubber drivremmen af ....

Svabakki – svabakki – brr – stop – s-t-o-p.

Værket står stille.

Niels Røn griner.

Arbejderne retter ryggene og smiler. Der bliver da altid et pusterum ud af det.

Der er imidlertid ingen, der har lagt mærke til, at da ladefogden gik ud af den ene port, kom overforvalteren ind ad den anden. Og nu føler Niels Røn sig grebet i nakken af et kraftigt tag.

"Jeg skal fanden gale mig varme dine rygstykker, din slubbert – tju – tju – tju. Skal du spolere mig mine maskiner- for flere tusinde kroner – hva'! – Det er ikke din skyld, at det ikke gik galt. – Sådan en infam slyngel – tju – tju – tju! – Og det bare for at kunne drive et kvarter! Nej, I er – som han kan bande – dog det værste pak, Gud har skabt – tju – tju – tju. Og at du ikke tænker på, at dine kammerater kan komme til skade! Du skulde den onde tordne mig i tugthuset! - - Men nu kan du rejse – straks! I morgen! – Du har din afsked. Øjeblikkelig!" Forvalteren skubber ham fra sig.

Niels ser ulykkelig ud og mumler noget frem.

"Gå væk fra mit åsyn, din slave! Ud af gården med dig! Nå – herut! – Her er jeg fanden skal gale mig nummer et!"

Snart efter snurrer det igen inden for Gyldholmslængerne med den dybe, summende dirren, der når hen til de fjerneste kroge af den store gård.

Men Niels Røn går med bøjet hoved hjem ad stien – ene.

Han standser og ser sig tilbage, som han knap kan tro virkeligheden.

Snart går han dog igen. Benene flytter sig af sig selv. Livet er som slukket i hans åsyn.

Men han går godt nok videre og drejer ind på det rigtige sted mellem husene. Han går gennem sin dør som en søvngænger og sætter sig ved bordet som en voksfigur.

Først da konen taler til ham, går der som et stød gennem hans legeme.

"Men herregud, mennisk', hva' skå'r du?" siger hun.

"Remmen sprang," svarer han rolig og uden betænkning, som en remse, han har lært.

"N-å!" sukker hun. "A troed' mi'sæl, der var sket en ulykk'."

Der er en ganske spæd i vuggen; det er deres egen. Men den anden spæde, der ligger i den store seng, er Per Holts; - Sofi' har fået lov, så længe Nielses kone alligevel er hjemme, at lægge barnet herind de tre timer, hun malker på gården om eftermiddagen, for drengen, Pers har, er kun et par år og har nok med at passe sig selv.

Der er en lille, der falder og græder.

"Kan du it gå ordentlig på dine skanker, din bette hvævs!" siger Nielses kone og regerer mellem børnene for at få skik på dem. Til sidst sætter hun sig ned på en bunke pjalter, der skal lappes og stoppes.

Manden sidder imidlertid og ser med et underligt stift blik ud af vinduet over mod maskinhuset, af hvis lille jernskorsten røgen pulser tykt op.

Konen har trukket en hullet strømpe over den venstre hånd. Hun iagttager manden og klør sig samtidigt med den bestrømpede hånd som en luffe.

"Det kan nu vær' det samm'," siger hun, "du er s'gu it rigtig, - hva' der så er ved'et. - Og a tykkes illigevel it, du er fuld."

Han kan for øvrigt gerne ligne en beruset mand, for han smiler fjollet og tvungent, som han ikke var herre over sine ansigtstræk.

"Kan du it snakk'? - Er du forgjort? - A har fajen tamme aller kendt mag' i mi' daw!"

Niels rejser sig og går ud i svinestien.

Der står han og ser på grisen en times tid.

Men der er ingen tanker i hans øjne.

Så kommer der et glimt i hans blik, som om han med én gang blev noget vàr.

Og han retter sig, vasker støvet af sit ansigt og sine hænder og går over ad Slottet til.

Han går gennem den lille låge i det hvide stakit og følger stien til kammerherrens kontor.

Han lader træskoene blive stående uden for døren og står længe i forstuen. Han gnider avner og snavs af folderne i sine hoser, og han lytter til det mindste, der rører sig.

Endelig griber han i messinghåndtaget af den hvidmalede, riflede dør, der er bred og stor som en port, og han går hen gennem korridoren, hvor billeder af afdøde kammerherrer, baroner og grever hænger i række på hver side, - han går med lange, listende skridt og med huen i hånden, som om de høje herrer måtte undskylde.

Han banker varsomt på.

Han synes, kammerherrens stemme lyder så forunderlig indefra.

Han stiller sig ved døren og tør knapt flytte fødderne, for han synes, han synker i det bløde tæppe, der er som tykt, tørret mos at træde på; det næsten kilder i fodballerne.

Og så fremstammer han da sit ærinde om lov til at blive.
Nej.
Han lover alverden, hvis han må blive.
Nej.
"Det var bare drengestreger – bare drengestreger!" siger han.
"Ja, men den slags kan jeg ikke ha' på min gård. De må jo skamme Dem!"
Niels Røn græder, ligefrem græder som et barn, der har gjort en uartighed, og han lover, han skal aldrig gøre det mere.
Nej.
Han trygler med tårer i øjnene.

Kammerherren svarer ikke. Han vender ryggen til og sidder, som han læste i noget – eller måske overvejede noget.

Da Niels Røn intet svar kan få, lister han stille bort.

Og da han går gennem det hvide stakit, falder klinken i falsen med en egen hård lyd, synes han.

Han er lukket ude.

Nu er sagen sikker.

I morgen – hvor skal han ty hen, hvor i den vide verden skal han ty hen med kone og de små …

Det rykker i hans ansigtsmuskler.

Hvorhen? –

Han standser og sukker. Han ser på de små, grå huse, på den dybttrådte sti og på det mægtige Gyldholm.

Han kender næsten ikke andet af verden.

Og nu er han lukket ude.

For hvor skal han ty hen, når han ikke længere kan færdes i skyggen af denne gamle gårds store bygninger?

Det kan Niels Røn slet ikke tænke sig …

Han går hjem og fortæller den hele sørgelige sandhed.

Først bliver konen så hvid, som hun kan blive. Men så presser hun læberne energisk sammen.

Hun siger ikke et ord. Hun går uden videre lige op til Slottet.

Hun skræver af sted som en mand, der er stind af arbejde, og hun nikker ved hvert skridt som et forspændt øg. Men der er over hendes gang en vis besluttet kraft, der ikke plejer at gå forgæves.

Hun sparker gennem slotsparken og den lange korridor med malerierne, - som om hun ikke så noget af det hele.

Over for kammerherren indrømmer hun alt, hvad han anklager, og hvad han siger; - hun bliver bare ved med sit, at de ikke kan rejse nogen steder hen med de mange små børn, og det er ikke uden otte dage siden, hun kom med den sidste.

Det ender hun alt det med, som kammerherren fremfører.

Endelig siger så kammerherren: "De har også altid så mange børn, der omme i husene!"

"Ja, kammerherren må it fortryd' på'et – men det er snart den eneste fornøjelse, fattige folk har!"

Kammerherren vender sig for at skjule et smil.

Enden bliver da, som konen vil, og hun skynder sig med det gode budskab hjem til Niels.

Da hun kommer ind, står han med Per Holts den lille på armen og ved ikke, hvordan han skal få den til at tie.

Konen river kjolen op og lægger den lille til brystet. "Er hun tørstig, det bette skidt – så, så, så!"

Da den er kommet til hvile, nævner hun det gunstige udfald for manden, der står og venter med store øjne.

"Se så, du bette skidt, nu får du it mere ... næ, du får s'gu it mere, der er også andre, der skal leve."

Hun bøjer sig nu over sin egen i vuggen: "Det er bedst, du også får en tår, mens a har knappet op!"

Hun vender hovedet op til Niels, der tysser Pers og Sofi-es til ro: "Det er da godt, En får it uden en ad gangen!" siger hun. "Visse – vis – vis – vis ..."

Hun rejser sig og knapper til. "Så får a skynde mig om til Røde-Jenses unger, inden de brænder huset af, - og a hår også lovet at se ind til Palles de små."

Dagen slukkes med den svindende sol, og skumringens skygger sniger sig frem fra Lilleskoven og det hele Gyldholms-kompleks, slugende de lave, grå huse.

De, der har hjem her, søger dertil inden natten.

Først kommer de store børn fra skole, trippende gennem tusmørket ad den frosne, skrubbede jord. Og så snart de er kommet indenfor, tændes en hel række lys bag ruderne.

Et par timer senere høres mændenes tungere skridt og stumlen af stive ben.

Sidst kommer konerne – fra malkningen.

Per Holt får fat i sin dreng inde hos Røde-Jenses. De følges hjem, hvor Per fyrer op i kakkelovnen og sætter kaffekedlen over.

Da Per og Sofi' er kommet til sæde ved fedtebrødet og den sorte kaffe, siger han:"Kammerherren han talte da til mig i middags."

"Gjord' kammerherren?"

"Ja, gu' gjord' han så!"

"Men hva' vild' han dig da?"

"Han spurgt', om a it kund' ha' lyst til og få Pilehuset, for det bliver vist ledigt til foråret."

"Hva' svared' du?"

"Hva' fa'n skuld' a med det?" Han sætter sine dejlige, hvide tænder gennem en tyk skive brød.

Noget efter siger hun, tyggende: "Ja, men Per – kund' det illywl it vær' skønt og få et par køer?"

"Så skuld' a slid' på gården om dagen og hjemme om natten! – Næ, gå væk med den … Det er da hel-vedes, så hed den kaffe er!"

Længere hen på tiden bemærker Sofi' dog: "Wolle og Maren er ellers blevet til svære folk i Pilehuset."

"Ja, sådan no'en lusanglere! … Nej, her har vi det så ret – når vi er færdige, så er vi færdige."

"Hj-a," – Sofi' gaber – "der er vel også så meget vrøvl ved det andet." –

Da måltidet er til ende, fløjter Per og tumler med drengen så længe og så voldsomt, at den lille til sidst kommer til at græde.

"Du er fa'n hukme en pjæv-skid!" siger han og smider ham hen på sengen.

Men lidt efter går han alligevel hen til drengen igen og kæler for ham, og han griner, og hans sorte øjne stråler, hver gang den lille rigtig levende spjætter med benene.

Så går døren op. Det er Niels Kusk, materialkusken, der kommer ind.

Som han plejer, er han akkurat, med de gråsprængte hårlokker ført frem for ved ørene og halsklædet i knude, knyttet så fikst, som ikke mange gør Niels det efter.

Men han er dybt bedrøvet.

Rynkerne og de bronzefaste folder i hans ansigt viser, at han er kendt med bekymringer og tunge tanker, om end hans oprindelige lyse sind spores.

Det er sorger og modgang, der har gravet disse furer, som et barsk vejrlig kan hærge en natur, der er mild i sit anlæg.

Han sidder lidt, som det er trykkent for ham at få sit ærinde frem. Så siger han: "Nu har a få't knejten til at bekende. Det var godt nok ham, der har ta'en din klokk'!"

Per ømmer sig ved, hvad han skal svare. "Hm-n-ja - - det er'et vel."

"Det er strengt, når Ens børn ta'r sådan af sted, må I tro!" sukker Niels og bøjer sit hoved.

Per og Sofi' ser på hans krummede ryg. Hans vests falmede bagstykke har en mørkere lap, og de ved, at han selv har syet den på, for så pænt kan konen ikke gøre det. De har ondt af ham, for de kan så godt lide Niels Kusk. Men de siger ikke noget.

Og det er, som hans klagende ord bliver ved at gentage sig i tavsheden.

"Klokken er i stykker og ingen ting værd!"

"Ja,,, hva', Niels – det er da it rent galt!"

Jo, jo – A har tænkt, a vild' gi' dig ti kroner i erstatning, om du er fornøjed med det?"

"Nej, la' vær' med det, Niels! Du har en stor famili', - du skal aller bry' dig om det, Niels!"

"A er fattig, Per, men a er re'le så langt, a kan rækk'!"

"A vil – som Per kan bande – aller ha' en øre, Niels!"

Men Niels vedbliver i sin rolige, sørgmodige tone: "Ret skal vær' ret. Det er mi' dreng, og det er mig, der skal bød'. – Men a kan it godt undvære mere end en krone hver fjortende dag, Per, - er du fornøjet med det?"

Per rækker over, lægger sin hånd blødt på hans skulder og siger inderligt: "Du skal aldrig tænke mere ved'et, Niels!"

Niels Kusk tvinder sine hænder om hinanden.

"Ok, ja – En skal døje så hårdt for at få'em drawet op, og så skal'et gå sådan!"

Og han bliver ved at tvinde sine hænder om hinanden.

Niels Kusk rejser sig for at gå hjem til det gamle skovhus, hvor han er flyttet hen med familien for at være lidt mere for sig selv.

Idet han siger godnat, skinner noget lyst for et øjeblik gennem hans sorgfulde træk.

Men et indtryk af livets alvor er blevet tilbage hos Per og Sofi'.

De pusler særlig omhyggelig om deres egne to små – og går tavse til hvile.

7

Der er noget usædvanligt på færde i Gyldholm Huse.

Det kan mærkes på mange småting.

Fra den tidlige morgenstund har røgen pulset tyk op af Per Holts skorsten, som var der noget særligt over ilden.

Og børnene har en tilbøjelighed til at klumpe sig sammen henne ved Pers. Fra begge sider kommer de listende, eller de kommer løbende, som om de ikke tænkte på nogen ting, men bare standsede tilfældigt. De går ind gennem gården, ud på vejen, tilbage forbi Pers igen, ind gennem gården til den modsatte side, ud på vejen, om igen –

så Per Holts lejlighed kommer til at ligge som i midten af et 8-tal.

Og når børnene kommer der forbi, har de ikke tanker for andet, end hvad der foregår derinde. De bare lytter og kigger og snuser for om muligt at fange en lyd, et glimt eller en duft.

Der er talt længe om det barselgilde, Per vil holde i dag. Også nu står konerne ved gavlene og drøfter denne begivenhed.

Der skal fjorten mennesker med til gildet, og de skal have sødsuppe og kalvesteg.

”De må jo have råd til’et!” siger Bolette og svinger næsen i vejret.

”Å – Pers er jo unge folk endnu,” bemærker en ældre kone undskyldende, ”og det bliver vel det eneste gilde, de holder i hele deres liv!”

”Ja, sådan noget lægger sig selv af,” sukker en anden.

”Men hvor mon han har fået kredit?” spørger en tredje.

Røde-Jens’ kone siger ikke et muk; hendes øjne ligger som et par tinknapper i det grå, ubevægelige ansigt.

Men Amalie mener, at der er forskel på Per og så de andre.

Denne bemærkning giver imidlertid anledning til udveksling af nogle spydige ord, der river kvinderne fra hinanden.

Mændene går rolige og forventningsfulde, som om de tager varsel af, hvad dagen vil bringe. Det er jo kun så yderst sjældent, at deres ensformige tilværelse brydes.

Per Holt viser sig et øjeblik i formiddagssolen i sit bryllupstøj, der nu er plettet og medtaget. Med sit sunde legeme, sine strålende øjne og sine pragtfulde tænder ser han ud til at have god appetit på livet. Og han synes formodentlig, at Gyldholm husmænd også må kunne feste engang imellem.

Han går ind i køkkenet, hvor Sofi' og Store Povls Maren sveder forpustede og røde af travlhed. Han smiler til alle papirsposerne med urtekramvarerne i og til brændevinsdunken og romflaskerne …. Der er meget, synes han. – Høkeren i Falling ville heller ikke borge ham det hele, men så fik han resten hos købmanden i Ørum. Og spædekalven har han fået omme på gården. – Der er meget, synes han.

Per tænder sin pibe.

Sofi' bevæger sit slanke legeme blødt og bøjeligt og lidt lad. Men Maren slår djærvt til side i sagerne. Der er meget at gøre. Der skal lånes fjorten tallerkener, fjorten skeer, fjorten par kopper, fjorten par knive og gafler, foruden gryder og potter. Lidt må der lånes hist og lidt der, forskellige slags, blå tallerkener, hvide og grønne, og tinskeer og hornskeer imellem hinanden, og så må man endda være glad, at der kan sammenskrabes så mange nogenlunde ordentlige ting i husene. – Jo, der er meget at gøre.

Så kommer Pers far. Han er høj og mørk som Per selv, men hans hår er gråt; han er kantet og stind, som var han savet ud af træ, og over den benede skrot har han en gammel frakke af blåt, hjemmefarvet vadmel, der hvidner langs sømmene, og hvis luv er skavet af, så vævningens tråde bliver synlige.

Han er tyende-husmand ovre på Løvenborg.

Det var meningen, at han skulle have stået fadder til barnet, men – han har ingen støvler kunnet låne, som passede, siger han, for hans fødder er så store og tæerne så knystrede og vringlede.

Han sætter med suk sin kæp fra sig.

Den gamle er helt nysgerrig efter at få åbnet døren til køkkenet, hvor det syder og braser.

Sofi' tager imod ham med et hjerteligt blik fra sine venlige, blå øjne, og han giver hende hånden. "Goddag, min pige!"

Så vender han sig til kræmmerhusene og flaskerne. "Det ser endda godt ud!" siger han og nikker barnligglad over at træffe sådan overflødighed hos sine børn. Og han smiler, som om det var meget længe siden, han havde set så meget ædeligt og drikkeligt på én gang.

Og da han har fået sin stive krop skubbet til sæde ved bordet med flæsk og sennep og en hel flaske brændevin foran sig, siger han igen: "Ja, det her – det ser sateme godt ud!"

"Tag nu til dig, far," siger Per, "for det er meningen, du skulle ha' en fornøjelig dag!"

"Tak, min dreng! Ja, forvalteren han sa' for resten også til mig, at det gjaldt it så nøje, om også den første kvart skulle gå med i morgen. Det gjaldt it så nøje, sa' han, da a spurgte om lov til at gå …. han er s'gu endelig flink nok, vores, - der skal jo nogen til at kommandere, - hvordan er jeres?"

"Vores? – det er en rigtig brølhals! …. Skål, far!"

Per skænker flittigt, og på faderens ansigt viser sig stærkt-røde pletter, der efterhånden breder sig op over næseryggen.

"Det er sandt – a skulle da hilse fra din mor. Hun bliver knallervorn nu, og det flyder stadigvæk af benet på hende, fa'n ved, hvad det er, men der er jo så mange slags skidt til. – Og hun vil jo illywl rokke med, det gamle skøvl, så forslidt som hun er …. Det er pinede galt nok med en anden, og En er endda en mandsperson …. Ne-j, hvad det var, a ville sige" – den gamle klør sig i nakken – "a havde endda Kræn Løts støvler på fødderne, men a kunne sateme it gå med'em!"

"Hør!" Per tænker sig om. "Mon it Røde-Jenses kunne passe dig."

"Tror du, a kunne låne'em?"

"Hvis han bare har no'en!"

"Ja, offerpengene dem har a s'gu godt nok!" Den gamle tager sig til vestelommen for at forvisse sig om, at skillingerne ligger der, indsvøbt i papir.

Det viser sig, at Røde-Jenses støvler ikke er helt umulige, især da de får en omgang fedtelse og kønrøg.

Og da Maren derefter i al stilhed henter Povls den bedste trøje til ham, bliver den gamle Holt helt vel styret ud.

Han står og ser op og ned ad sig selv og gentager flere gange: "Nu kunne a sateme gja'n være rejsen, hvorhen det skulle være – tykkes I it også?"

"Jo, vist kunne du så, din gammel, storsindet stonnis," siger Maren ru-godmodigt og smiler, "men sørg I karlfolk nu for at få hentet borde og stole, som det kan blive; der skal da no'et til at sidde på, og Sofi' og mig har nok i vort!"

Til frokosten er der ikke flere med end nødvendigt til den kirkelige forretning. Først naturligvis Amalie, der skal bære barnet. Hun har jo de pæne klæder at trække i, og hun har også bånd og stads at pynte barnet med. I den henseende er der ingen i alle husene, der kan hamle op med hende. Den anden hovedrolle, at holde huen, er tildelt Jakobus' kone. Bolette har jo også sin styrke, ved hvilken hun hævder sig en fremtrædende plads i Gyldholm Huse. Så er der Store-Povl, der skal køre, Jakobus, Tammes og Pers far.

Det viser sig desværre, da frokosten er forbi, at den gamle Holt næsten ikke kan stå på benene; han er helt overkørt.

"Han er færdig!" siger Povl og ser overlegent på den gamle mand, der er blevet træt af alt for meget glæde. "Han kan aldrig stivne en skagle – hik! – Han er færdig!"

Men Maren svarer ham: "Det er aldrig værd, du gør dig vigtig, solen er it nede endnu, og du har vel allerede det, du kan bære, - klodsen!"

Den gamle Holt må føres til det bag stuen liggende kammer, hvor sengen i dagens anledning er flyttet ind.

Det er tiden til opbrud. Tammes lister stille og varsomt om, som om han ikke er ganske sikker på sine bevægelser. Han retter ved sit tøj, at det kan sidde akkurat, og gnider sit kurlænder-pibehoved med ærmet. Jakobus vigtiger sig i en lånt frakke med lange skøder og umådelig store sidelommer. Han snakker op om alverdens ting, mens han krummer sin pibeslange. – Kvinderne nibrer sig. Bolette vrikker med enden, så den falmede, grågrønlige, sorte kjole vifter i al sin tyndslidte usselhed. Hun ordner på sit knastørre hår, der er lysere i de strittende ender, som om det er bleget af sol og vind. Så sætter hun den vatrede kyse på og spørger, hvordan den sidder. Men Amalie er i en af de billige damaskeskjoler og har om halsen et rødt silkeslips med en sort blomst i hver af de frynsede ender. Hendes hat er højpullet og sort med røde asters. Hun fuldkommengør sin påklædning ved som afslutning at hænge et lille, fransk sjal over sine skuldre.

Store-Povl holder for døren med en vogn fra gården. Han sidder med en line i hver af sine store, knudrede hænder, stift højtidelig, som om hans tanker er langt inde i det alvorsfulde.

Barselfolkene stiger op med miner som de, der ved, de er genstand for megen opmærksomhed fra vinduer og døre.

Amalies blomstrede sjal er det farverige midtpunkt i den pragt, som Gyldholm Huse udfolder på denne store dag.

Povl vender sig halvt: "Er vi så færdige? – Nå, ja så i Jesu Kristi navn – så kører vi den onde tæ'skeme!"

Og vognen glider af, fulgt af mange blikke, som gjaldt det en rejse til Amerika. - -

Den gamle Holt vågner og slår øjnene op. I stuen står der to borde vinkelret sammen med duge over. Han gnider panden og ser igen. På dugene står tallerkener, og der kommer en kvinde ind med knive og gafler.

Der går noget op for den gamle. Han forstår. Noget da. Han griber til sin vestelomme, hvor offerpengene har ligget – de er der endnu. Røde-Jenses støvler står der, og Povls trøje hænger ved bjælken, og der er så stille ….

Der kommer et sørgmodigt udtryk i den gamles ansigt, og han ryster på hovedet.

Som i ærgrelse svinger han benene over sengestokken og siger: "Gid fa'n han også glo i'et!"

Han får de krogede fingre stukket foldede ind i hinanden og hviler albuerne på knæerne. Han ser ned mod det sandstrøede lergulv og ryster fremdeles på hovedet. Og han rører ilfærdigt fødderne, så de blå hosers hvide tåstykker vipper op og ned.

"Det var endda elendigt, det skulle gå mig sådan, bette Sofi' – hva?"

"Det skal I aldrig bry' Jer om, gammelfar," trøster hun ham venligt.

"Jo, det er så flovt – også for jeres skyld!"

"Sådan noget plejer En da it at ta' så nøje."

"A skulle aldrig ha' regnet det en kerne, når det it var, te a skulle være fadder. Men a skulle jo ha' stået fadder til den bette – det må du husk' epå!"

Sofi' smiler: "I tog jer rigtignok også nogle slemme gibsere."

"Ja, a var jo så glad og veltilpas, forstår du, og se så gled 'et så gævt, - og havde det været i mine unge dage, skulle a sateme nok ha' stået …. det er også en bjø'n til mand, du har, Sofi'."

Hun smiler.

Men den gamle ryster igen på hovedet. "A havde endda lovet mig selv, at det skulle ha' ventet, til det var overstået i kirken, for bagefter, tho så …."

Barselfolkene vender tilbage, og gæsterne samles til – den halve snes mennesker, der skal til gilde.

Af store lerfade søber de byggrynssuppen, beskedent, med langsomme hænder, som de slet ikke var sultne, men øjnene er snare og lurer på rosinerne.

De holder længe ud, så det ene fad tømmes efter det andet.

Det ser ud, som dugen er i vejen for disse folk, der er opdraget i herregårdenes folkestuer, og som om det anstrenger dem at være pæne.

Alle, kvinder og mænd, bærer præget af deres stilling som tyende-husmænd. Deres klæder, deres hænder, hud og øvrige krop og deres øjne. Arbejdet har gjort dem plumpe, fattigdom har nappet dem hist og her, som man klipper fårene mærke i ørene for at kende dem, slid har skavet og gnavet dem i årenes løb og givet dem den facon, de har, og savn og kuelse har gjort deres blik så fordringsløst og sløvt tilfreds.

Men deres tænder er stærke og knækker sveskestenene, så skallerne springer og drysser.

Per Holt er endnu i sin ungdoms alder, hvor legemet blomstrer alene ved sine sunde safters kraft. Han ser forsoren-letsindig ud og går rundt i skjorteærmer og skænker. Og lidt efter kommer der liv i de døde øjne ved bordet og en glæde, som tændes af øjeblikkets nydelser.

Så snart måltidet er til ende, må konerne gå til malkning på gården. Men mændene sætter sig ved kaffepuncherne, ophedede af alt det, som synes at koge i maverne og dunster ud gennem alle porer.

Røde-Jens tager fat på sit yndlingsemne.

Engang, det var i Falling Kro, sloges han således med to teglværksarbejdere og en svensker. "Der var legestue naturligvis og pigesjov og sus i særken. De stod sammen om mig, og tre slemme drenge var'et s'gu. Men så gi'er a den ene min støvlesnude lige op i skrævet, så han dævlen tejme drat epå stedet, og med det samme renner a min pande ind i bællen af den anden, så han gav et hvæl som

nogen barselkone …. a kender jo alle de ømme steder på
en menneskekrop,” smiler Jens. ”Men så stikker svenske-
ren mig s'gu en kniv i nakken, og den blev siddende, for i
al hastmolhed glemt' han at ta'en til sig … Her skal I se!”

Jens bøjer sig frem, og alle skal hen at se det hvide ar i
den rødsprængte tyrenakke.

”Så ryger a som e' stja'nskod ind imellem dem, griber en
stol, brækker det ene ben fra, og så kan I lige tro, a pyn-
ted' dem med alle de kulører, I kender, og mange flere. –
Og blodet kom s'gu ret godt!” tilføjer Jerns, som om han
havde været ved at slagte. ”Men den historie blev a s'gu
skreven for, ha, ha, ha!”

Jens trækker sig afvekslende i det gloende fuldskæg og
slår stadfæstende i bordet med sin fregnede hånd, der er
som skabt til rå greb. Og han ser sig smilende om i den
lyttende kreds med de rødårede øjne.

”Ja, du kunne gerne se ud til og ha' været noget stærk,
Jens,” siger den gamle Holt interesseret.

”Noget stærk! Ja, a er it fri, ha, ha!” Jens fortæller en ny
oplevelse, og jævnlig skænker Per en dram.

Fortællingen standser ved, at en fremmed kommer ind,
en ung knøs. Han bliver stående ved døren og siger lidt
undselig: ”A skulle hilse og sige, at der skal være møde på
højskolen om en ny rigsdagsmand i morgen aften klokken
7.”

”Hvem tjener du?” spørger Per.

”Ved Klaus i Ørum.”

”Er det it ham, der er perpendiklen til sognerådets røv?”
kommer det pølende fra Røde-Jens.

Det unge menneske skynder sig ud, og de andre ler.

”Det er svært alle de møder, bønderne holder i den her
tid,” siger Per.

”Bønderne er – som Jens kan bande – værre end som
herremændene.”

”Sådan en rigtig fjedte bund', ja,” føjer gamle Holt til.

”De har nok lyst til at træde herregårdene ned, men de kan vist gerne tørre dem om deres mule, mener a!” siger Jakobus og spytter ud over gulvet.

Palles underlæbe hænger, så hans gummer bliver synlige, og han løfter med besvær sit berusede blik til den, der taler sidst. Bette-Lasse harker af sit hule bryst.

”Hva’ er egentlig de her højskolefolk for nogen?” spørger Per.

Jakobus småvrikker selvbevidst med hovedet, som om han derinde rystede menneskenes dumheder gennem et sold, der gjorde skel mellem tilværelsens avner og kerner, og så siger han: ”Hm, det skal a sige jer, bette folk, det er dem, der – æ – har fundet på det med – æ – modersmålet!”

”Det er løgn!” afbryder Jens ham. ”A har boet her så længe, så a ved nok …. nej, det er en slags folk, der absolut vil slås med tyskeren. De kører i lange vognrækker om sommerdage med et flag bagud og synger den her sang – jeg vil slås for mit land, så længe jeg kan, så længe der findes en mand.”

”Ja, men …”

”Hold din kæbe, Jakobus, det er noget, som a kender bedst. – Og deres piger forskaffer sig, når de kommer fra den her skole, en paraply og en rød kjole med blankt bælte, og så render de fra det ene møde til det andet, så længe der er en trevl tilbage. – Sådan er’et!”

”Ja, men det, a siger, det med – æ – modersmålet – det sæder s’gu,” nikker Jakobus i en drillende tone

”Vil du trads mig!” råber Jens og bliver ildende rød. Han rejser sig i sædet – men synes at betænke sig lidt: ”Dersom det it var, at du var en gammel mand, Jakobus, skulle du dævlen han tejme kommen til at danse på dit hoved!” Han hugger næven i bordet, så kopperne danser.

Der bliver ganske stille, og Jens sætter sig som den, der plejer at være sejrherre. - -

Da konerne efter endt malkning hen på aftenen kommer
for at drikke kaffe, synger mændene ved punchebollen.
Per kan så mange viser, og han synger dem med glans-
fuldt humør. Først den, der begynder således:

> Min Mette er mig huld!
> Den tanke gør mig mandig –
> når blot hun ej er fuld,
> men det er hun bestandig ....

Så den:

> Hvis blot jeg var kejser en eneste dag,
> jeg skulle al verden regere.
> Sold og kommers skulle gå slag i slag,
> til Polen man skulle det høre ....

Mest lykke gør en med læsning mellem versene:

> Nu er jeg gift, jeg stakkels mand,
> og må til takke tage,
> jeg ej engang en snaps kan få –
> hvor er de glade dage!

Og når jeg engang imellem kommer hjem med en stjerne
på, så siger Rikke: Du er fuld, dit svin! Nej, vist er jeg
ikke! Svarer jeg, det er bare dette hersens, som løber rundt
i hovedet: sengduiljada, sengduiljada, seng-duilja-duilja-
da!"
Mens Per synger de lystige vers, går der over de hærgede
træk en munter lysning, som når solen, mellem to skyg-
ger, glider hen over et fattigt landskab. Også kvinderne
morer sig – og de fniser og griner, da Røde-Jens opvarter
med den drastiske vise om "Fruen i Snærpe".

Således glider en tid.

Palle bliver imidlertid så tung i hovedet, at han må anstrenge sig for at bære det oprejst, og hans underlæbe hænger ned over hagen.

Niels Røn sidder over for ham med trætte øjelåg. "Balle!" siger han. Han bliver ved at gentage med tykt mæle og små mellemrum: "Balle! – Ba-Balle!"

Den brystsyge Bette-Lasse står ved enden af bordet henne ved døren og ser glad ud; hans øjne har en næsten uhyggelig glans. Over for ham står en klynge store drenge fra husene; de har listet sig ind for at høre og se. De gør store øjne og griner af Bette-Lasse. Han foretager nogle vældige armsving, slår i bordet og bander: "Her er k-r-æfter!" Den lille, svagelige mand gentager det og tærsker i bordet til sin egen og drengenes fornøjelse.

Igen hører man Niels Røn sige: "P-Balle!" Han har altså ingen forbindelse fået.

Store-Povl kan stundom, når han er svirende, vride af sig de underligste ord, som ingen forstår. "Skrusgemak!" siger han til Jakobus. "Skrusgemak!" gentager han i en tone, der indeholder noget nedsættende.

Jakobus rækker armen ud. "Du trænger nok til at få et par fremmede hænder i dit ansigt!" truer han.

Men Store-Povl lægger hans arm ned, som om han lukkede bladet på en foldekniv, og siger: "Gak du sydpå til de hellige lande, til staden udi Ditmarsken, din afnis!"
Og så griner de begge to.

Men Røde-Jens vælter sig ind på alle dem, der er i hans nærhed. Navnlig overskælder han Tammes Forkarl. "Du er en flæggermuvl! En sleskemås! – En sleskemås for forvalteren.

Tammes sidder så tålmodig og lader sig læsse på.

"Og så er du en tøffelmager! – Det er Amalies bowser, du sidder i! Du er en tøffelmager, Tammes!"

Men da han således har regeret en tid, rynker Per bryne-
ne og siger: "A vil bare sige dig én ting, du skal it ta' slet
så bredt for, Jens!"

"Bredt for! – Du ved vist ikke, det er en mand, du har for
dig, Per Holt! Og det dævlen tejme en fuldvoksen mand!"

Per rejser sig. Han lukker munden fast og kniber øjnene
sammen. Det er bedst, du holder dig ved en side, min
dreng, for a kan fa'n hukme også rejse børster!"

"Dreng!" farer Jens op og griber med sine grove, fregne-
de hænder Per så fast, at forstykkerne af bryllupsvesten
revner fra.

"Der er it uden jen mand i det her hus!" råber Per og
farer ind på livet af Jens, der udstøder et frygteligt brøl og
ligger i et nu på gulvet op mod kakkelovnen med en flæn-
ge i hovedet.

Der bliver straks almindeligt opbrud.

I gangen hvisker Niels Røn til Jakobus: "Han kunne s'gu
revse ham!"

Jakobus fniser og nikker og svarer igen: "Ja, han kunne
s'gu revse ham, hi hi!"

Da de er udenfor, bliver Store-Povl ved at drive ud ad
vejen som for en stiv sidevind.

"Men hvor vil du da hen, klodsen! Er du da helt tåbelig,
mennisk'! Vi bor jo her!"

Povl svarer noget borte fra: "A ved'et nok. A ved 'et
nok, Maren, men a kan den onde tæske mig it få vendt!"

Så er Per Holts store fjortenmands-gilde til ende, det, der
står som en letsindig overdådighed i Gyldholm Huses
historie.

8

Gyldholm ligger ude i det danske bondeland som en ø, omflydt af sine brede marker.

Dér leves et liv for sig selv. Dér svarer århundredgamle overleveringer på Slottet, hvis korridor prydes med billedrækken af gyldholmske jorddrotter i mange slægtled, til overleveringerne i kælder og folkestue, som lys svarer til skygge. Dér findes et samfund, hvis underklasse på sine krummede rygge bærer et fodstykke af trinvis stigende overordnede og øverst oppe kammerherren, hvilende i ophøjet ro og ensom majestæt.

En ø af gammel tradition og forfatning, der er blevet tilbage fra en fordums tid.

Og mellem denne ø og omverdenen findes ikke megen forbindelse.

Den er et sted, hvor bonden ikke kommer, og hvorfra ikke nogen kommer til bonden.

Der er mere forbindelse mellem herregård og herregård, mellem den ene ø og den anden.

De høje herskaber søger således hinanden og drager i strålende ekvipager og elegante dragter som et pragtfuldt skue forbi huse og gårde fra borg til borg. Og til maj og november føres i tunge arbejdsvogne kister, kommoder og flyttegods og skrammel mellem herregårdenes folkestuer og arbejderhuse.

Men til Olufsmarked og sommerfest farer et par vognfulde unge gyldholmsfolk hen over landet som en byge.

Hos den første høker, de kommer til, køber de brændevin og er imens parate til at vælte hans disk. Under hujen og hylen går toget videre gennem fredelige landsbyer som et ondt vejr. Fra agebrætterne, hvor de sidder og svinger med flasker i oprakte hænder, tilråber de alle med uhumske ord; de kører forbi alle vogne, de kan overkomme, og jager skikkelige trækkere i vejgrøften – som uvorne drenge, der første gang får lov at slippe ud af et tvangsregimente og ingen måde kender.

På markedet tumler de frem gennem folkestimmelen i en sammenhængende klump, og det er, som de ikke var enkeltvæsener; de virker snarere som et eneste klumpdyr, et uhyre med mange gribende fangarme, mange vilde øjne og mange brølende munde.

Hjemfarten er en vild jagt gennem natten ad veje, hvor bønderne viger til side, når de på lang afstand hører uvejrstoget nærme sig. Under susende svøbeslag drives hestene i skum, så gnisterne lyner fra hove og hjulringe. Og luften dirrer bagefter af vræl.

Den vilde jagt svinder bort over Gyldholmsmarkerne, hvor den ligesom synker i jorden – indtil næste markedsdag.

Tyende-husmændene er stadig fængslede til Gyldholms lader, stalde og muldbanker. Kun når der er valg til rigsdagen, slippes de ud i landet.

De kommer aldrig til småvalg eller møder i Darum, Falling eller Ørum Kommune. Men dagen før rigsdagsvalget siger forvalteren til dem: "I morgen skal I hen at stemme!" på samme måde som når han siger: "I morgen skal I køre gødning."

Og husmændene udfører såvel dette som alt andet arbejde, der falder for i kammerherrens tjeneste.

De kører frem forbi bøndernes opbyggede gårde og de høje mejeriskorstene – og undrer sig over den forandring, som her foregår.

"Det er svært, som de kan!" siger Per Holt.

Røde-Jens trækker sig i sit lange skæg. "Kan? – De går dævlen tejme også "forlidt", inden året er omme!"

"Og deres fars penge er forbi," føjer Store-Povl til."

Skal'et blive ved at gå i den dur, mener a det samme!" piber Jakobus og ser dybsindig ud.

Niels Røn lukker det ene næsebor med fingeren og puster til: "Ja, de kan s'gu sagtens, så længe der er arvegods i skabet, det storsindet kram!"

Povl peger på en vogn: "Ham, dér sidder, var af mine skolekammerater. Han ser it ud til at leve af ene "futmælk". – En rigtig vigtig knægt var han!"

"Da kan du tro, han dér var li'esådanne." Jens hentyder til en af sine skolekammerater, der i et flot bondekøretøj smutter uden om herregårdsvognen. "A har varmet hans ende no'en gang', kan I tro, når vi gik fra skole, ha, ha!"

På én gang blotter husmændene deres hoveder. Det er baronen fra Løvenborg, der viser sig på vejen.

Ikke længe efter kommer Lerche fra Clausholm, jægermesteren fra Uttrup, Callisen, Træholt ...

En lang tid sidder Gyldholm husmænd næsten uafbrudt med huen i hånden.

Igen finder Povl en skolekammerat blandt de vejfarende. "Han er af dem, der er født med en kage under hver arm!"

"Nå, det er af den slags!" bemærker Jakobus.

Povl smiler rundt om. "Ja, så kender I vel modellen!"

De ler.

Per Holt ser ud over egnen med forundrede øjne: "Nej, sikken masse mennesker!"

Det er første gang, han er til valg.

"Hvem mon der egentlig skal stemmes på, foruden kancelliråden?" hoster Bette-Lasse.

Kræn Sows spytter ud over vognfadingen, så det plasker i vejstøvet: "Ja, Gud kender'et!" –

Da de kommer til valgstedet, står bøndernes kandidat på tribunen.

"Tho det er jo Per Nielsens Hans fra Ballerum!" udbryder Kræn Sows. "Hvordan fanden er han kommet derop!"

"Kender du ham?"

"He, ja gu' gør a så, he! – A har s'gu puttet ham i et kalkhul en aftenstund, han var noget næsvis, dengang han

var kæreste med sognefogdens Maren, he, he! ... Han kan
endda bruge kæben noget!"

Bøndernes kandidat sejrer overtalligt. Men Gyldholm
husmænd har stemt på kancelliråden, som de plejer, -
derfor er de jo kommet.

Så sørger de for at få noget at drikke. Og på hjemkørse-
len kan alle kende, at det er herregårdsfolk, der er på vog-
nen.

Hver gang de kører forbi en bondevogn, bøjer Povl sig
frem og råber: "Vi er – som han kan bande – fra Gyld-
holm av!"

Røde-Jens overskælder alle langt og nær, og da vognen
ruller forbi Ørum Højskole, rejser han sig op og udstøder
et dyrisk brøl, der forstærket kastes tilbage fra den røde
murstensfacade.

Men Bette-Lasse ligger i bunden af vognen, syg og fuld
og forfrossen i tynde, forslidte klæder.

Således kører de hjem til de lave, grå huse i nærheden af
indkørslen til Slottet Gyldholm, der ligger ude i det dan-
ske bondeland som en ø, omflydt af sine brede marker.

9

En dag kommer fra købstaden en ny husmand til Gyld-
holm.

Han bliver der kun kort tid – som en fugl, der standser på
sin vandring.

Han har også ellers noget til fælles med en fugl.

Han er lille af vækst, men navnlig snar, livlig, letbevæ-
gelig i hele sit væsen og danner derved en modsætning til
de øvrige husmænd.

Han er ubekymret som en fugl. Han spiller harmonika og synger gerne.

Men med et andet næb end de andre, en helt anden slags sange. Og han taler en helt anden slags ord om helt andre ting.

Han er ny i mere end én forstand.

Han kommer en dag i marts. Ovenpå et flyttelæs af alskens havareret bohave holder han sit indtog med kone og børn, der er jævnt fordelte over hele skramlet. Fattigt og forrevet ser det hele ud, men han er svært fornøjet, og det er konen også.

Bette-Lasse er død, og hans enke og børn er sendt hjem til forsørgelseskommunen. Det er hans pludseligt ledigblevne plads, han har fået.

I Bette-Lasses tomme lejlighed drager de nye folk ind.

Den nye husmand vækker forundring. Han siger godmorgen til forvalteren så fri og gemytlig, som de havde kendt hinanden i mange år. Og da ladefogden anmoder ham om at rubbe sig, spørger han først, om ladefogden ikke har ondt i maven. Og dernæst vil han gerne have oplysning om, hvor meget arbejde der kan forlanges for en krone om dagen på egen kost. – Så snor han sit overskæg.

Når der er hvile fra arbejdet, spørger han de andre husmænd, hvor længe de har været i slaveriet, for dette her er da værre end tugthuset. Dér skal folk da have en ordentlig kost, men dette her bliver da ikke til andet end vand-og-brød.

Alle studser og tier. Man er ikke vant til sådan tale på Gyldholm. Og han siger ordene så sikkert og lige ud, som der ikke kunne være tvivl om deres sandhed.

Om aftenen samles husmændene inde hos ham for at høre mere.

”Har I læst jeres kontrakter, godtfolk?” – siger han. ”Der står, at både manden og konen er tyendeloven underkastet

og pligtige at arbejde såvel helligt som søgnt, når godseje-
ren befaler. I må ingen fremmed person huse uden tilla-
delse, og I må ikke engang holde en – hund! .... Man
skulle tro, det var for 200 år siden! – Er I mænd? – Nej, I
er slaver, er I! Og jeres koner er slavinder. Hele familien
skal slide og slæbe, for at sådan en godsejersnude og hans
kone mageligt kan mæske sig i fedtelse. – Vi kan knapt få
føden – klæder er ikke at tale om. Og fattiggården kom-
mer til sidst .... Nej, det er min salighed det rene slaveri –
og var det ikke, fordi der i vinter var arbejdsløshed i byen,
skulle fanden tage herud .....

Sådan har'et nu gået i nogle hundrede år, så det er vel
ikke for tidligt at få en forandring. Og der er kun én vej.
Vil I være med til en fagforening, som vi har i byerne? Så
skal'et nok komme. Der er ingen ting, der pusler. Men de
skal ha' kniven på struben, de svende, ellers gi'er de sig
ikke. Når vi ikke vil arbejde, uden vi får den løn, vi for-
langer, tror I så, de selv ta'r skovl og greb i hånden? Nej,
gå væk med den! Og de kan jo heller ikke! Uden os kan
de ikke leve. Hvem pløjer og sår for dem? Hvem passer
deres høveder? ..... Og så vil de være så lumpne at mis-
unde os en ordentlig levemåde, når de selv fråser i vin og
steg, mere, end de kan gabe over! – De vil endda oven i
købet, vi skal stå med luen i hånden og sige tak til. Nej, de
dage skulle helst snart være forbi nu ..... Og hvad skal de
godsejere med al den jord og al den magt? Er de ikke
mennesker, som vi? Så kan de vel også nok arbejde lige-
som vi! Og der kunne jo minsæl blive en hel by af sådan
en herregård og flere af somme ......"

Han taler uafbrudt, som om han aldrig kan blive færdig
med det, der ligger ham på sinde. Den ene tanke griber
den anden, og hans øjne stråler.

Så snart en af de andre begynder på en indvending, hug-
ger han øjeblikkelig ned på den som en fugl med sit næb.

Og derefter taler han videre ....

Eller han griber harmonikaen og synger:

"Snart dages det, brødre, det lysner i øst -
til arbejdet, fremad i kor!
Man håner den fattiges eneste trøst:
vor ret til at leve på jord;
man deler vor frihed, beskærer vort brød;
til arbejdet! Liv eller død! ...."

Hans sang er smuk og varmt følt, og hans akkompagnement på det tarvelige instrument er ualmindelig.

Husmændene kigger til hinanden.

For hvert vers laver han et helt mellemspil og bruger basklapperne med stor færdighed.

Og for hvert vers stiger hans varme. Hans øjne, hans kast med hovedet, hans sjæl og krop er med i denne sang og denne musik. Det er, som han hører og ser et helt orkester, der marcherer i spidsen for et tog, hvis faste fodslag han gengiver med harmonikaens basklapper.

Efterhånden løfter husmændene hovederne og nikker til takten, som om de hørte og så det samme som han ......

Men da de kommer udenfor, er det, som sindet falder i de gamle folder igen.

"Tho han er minsæl da – som no'et halvgal, det mennisk'!" piber Jakobus.

"Han ser nok noget vild ud i ywnen, men, men – æ ....." Niels Røn kommer ikke videre.

Røde-Jens falder ind: "Ja, han er jo af den slags, der går lige i luften, men det kan være skønt nok at høre på ham en smule, he!"

Men Per Holt siger alvorligt og fast, som om han var blevet ivrig over noget: "Det er fa'n hukme it løgn alt sammen!"

Kræn Sows griner. "Det var s'gu skønt at se i går. A stod henne ved ishuset, da han kommer gående og skal hen og hjælpe mig. Så møder han kammerherren. Han tog også

godt nok til luen, men it en krumme mere end højst nød-
vendig. Og da han var kommet forbi, spyttet han, akkurat
som han sa' føj for satan. – Det så helt kunstig ud, he,
he!"

Efter et lille ophold siger Palle: "Så meget er vist – han
spiller en god harmonika!"

Og så går husmændene ind hver ad sin gavl.

Hver dag får den nye mand med posten bladet "Sociali-
sten". Også dette er særegent. Ellers er det kun kammer-
herren, der får blade på Gyldholm. Det er, som den nye
mand alligevel står i forbindelse med noget ude i verden
gennem dette blad. Og han er helt syg efter at få fat i det.

Hver dag har han noget at læse op af "Socialisten". Det
er det samme, som han fortæller. Akkurat det samme læ-
ser han for dem. Og de kan selv læse det. På tryk står det
for deres øjne.

En dag har han fået udleveret bladet af landposten omme
bag laden, hvor husmændene er i færd med at køre en
jordvold bort. Det er formiddagsmellemmad. De sætter
sig på deres trøjer bag nogle buske og spiser deres fedte-
brød, for jorden er kold og fugtig, og de strækker benene
fra sig med de tunge, jordklinede træskostøvler.

Den nye mand skynder sig at tygge af munden. Og så
læser han op for de andre, der sidder og lytter på diget
under risbuskene, gumlende og plirende.

Han er midt i en artikel om det 19. århundredes tyranni,
da ladefogden, der er kommet til, udbryder: "Det smuds-
blad skal vi snart få udryddet!"

"Du skulle søge dig en plads over ved de sorte ...."

"Fat igen!" kommanderer ladefogden.

Således er det hver dag. Der er med denne husmand
kommet noget nyt til den gamle gård. Altid er der uro
omkring ham. Og stadig små scener. Hver dag.

Det er ganske spændende. Men alle har en følelse af, at
det kan ikke blive ved i længden.

Selv er han lige livlig og lige ubekymret.

Men det begynder at mudre forneden.

Amalie har fået en mistanke om, at det nye par folk ikke er gift, rigtig gift. Hun siger det til Sowskjesten, og Sowskjesten meddeler det til Bolette, og Bolette lader det gå videre, så rygtet farer frem og tilbage mellem de lave, grå huse, og der lyder en knever som fra mange telegrafapparater.

Og foroven trækker det sammen som en sky over hans hoved.

Kammerherren møder forvalteren. ”Holder han dette pøbelblad endnu?” spørger han.

”Ja.”

”Men har De ikke forbudt ham det, menneske!” kammerherren er utålmodig.

”Jo, men han spurgte mig bare, om jeg ikke ville låne nogle eksemplarer, så ville jeg forstå, at det var det eneste blad, der skrev sandheden …. Han er fanden skal gale mig den værste, jeg endnu har haft med at gøre!” udbryder forvalteren.

Kammerherren går urolig frem og tilbage. ”Ja, men sig, at jeg forbyder det!”

”Jeg har sagt det – men han bad mig hilse, at kammerherren kunne bare passe sine egne kartofler!”

”Hm! – Hvad bliver det for tider, Hansen! – Har man dog hørt mage! …. De folkeforførere!” – Kammerherren truer med sin elfenbensstok ud i luften. ”De må fjerne den mand, Hansen! Snarest muligt! Men” – han tænker sig om – ”men ikke brutalt, Hansen, ikke brutalt. De ved, jeg foretrækker den humane fremgangsmåde.”

Så er det en dag, der køres stak ind.

Kammerherren kommer ovre fra fasangården i sin brune, engelske dragt med diamantnålen blinkende i det sorte slips.

Da han drejer om hjørnet af tyrestalden, ser han folkene stå ganske rolige med rette rygge uden at røre en hånd til noget, bare lyttende. Og den nye mand står oppe i stakken i sin bluse, der er revet ud ved hånden, som han strækker frem, mens han taler.

Kammerherren bliver rød. Men han påskynder dog ikke sin gang; han holder det langsomme, værdige tempo.

Folkene flyver og farer i arbejdet, da de ser ham.

Han standser.

"Hør, min gode mand, vil De behage at forlade min gård øjeblikkelig!" Sindsbevægelsen dirrer bag den rolige form.

"Ja, når jeg får løn indtil maj, så skal det være mig en ren fornøjelse!"

"De kan hæve på kontoret. I morgen tidlig skal en vogn køre Dem, hvorhen De ønsker. Men De må øjeblikkelig forlade min gård!"

"Ja, den slaverede er ikke så behagelig."

"Men De er jo uartig, mand! Forstår De ikke, at De er uartig!"

"Jo, men De kan tro – den bliver s'gu værre endnu!" smiler den nye mand.

Da taber kammerherren et kort minut sin beherskelse. Han ryster. Snart er han rød, snart hvid. Han løfter sit blik opad, som han søgte bistand: "At man skal tåle dette! At man ikke kan sætte sådan en slyngel fast!" næsten hvæser han ud mellem de sammenknugede tænder – og går hastigt.

Men den nye mand siger efter ham: "Ja, det er kedeligt, at træhesten er afskaffet!"

Det giver et ryk i kammerherrens skuldre, men han fortsætter dog uden at vende sig.

Per Holt ser på den nye mand med luende beundring i sine sorte, glansfulde øjne.

Men Kræn Sows siger medfølende: "Nu er du da ulykkelig, bette mand!"

"Ok Herregud, I sølle mennesker!" er det smilende svar. "I tror vist, at Gyldholm er hele verden! – Hvornår vil I vågne!"

Næste dag får den nye mand sit flytteskrammel stablet på vognen.

Der går en vej uden om Gyldholm, men der går også en vej igennem gården. Kusken lover at vælge den sidste.

Idet nu vognen svinger ind mellem gavlene af et par sammenstødende udhuse, tager manden harmonikaen frem og stemmer op: Snart dages det, brødre, det lysner i øst - …

Og inde mellem den gamle gårds længer gjalder og genlyder den oprørske sang, så folk står stille ved arbejdet.

Men kammerherren, der er på vejen, vender brat om og fjerner sig ind i parken.

Endnu efter at vognen er kommet ud til den anden side og ned ad alléen, kan man ovenpå flyttelæsset se den bortjagede husmand ivrig trække harmonikaen ud og ind og høre omkvædet:….. til arbejdet! Liv eller død!

10

De socialistiske harmonikatoner er faret hen over Gyldholm som en flok skrigende vildgæs, der trækker.

Per Holt har vel løftet sit hoved mod den farende lyd i luften. Men det er sunket igen.

Tonerne dør på en baggrund af sløvende, slidfyldte timer, der væver sig sammen til ensformige dage, klangløse og tågegrå som tæpper af filt.

Vinter skrider, sommer går.

Arbejderne på Gyldholm fortsætter deres ø-liv som sædvanligt. Som myrer bevæger de sig ud og ind ad de mange åbninger og fjerner sig i en vis afstand fra tuen, således kommer gyldholmsfolkene frem af porte, gab og døre, hvortil de atter vender tilbage, når de har ført deres høléskår og deres plovfure lige til det bevoksede dige, der danner grænsen mod bondelandet.

Den ene dag går som den anden.

Et liv, der drejer sig, eftersom slotsurets forgyldte viser peger.

Og stien mellem ladegården og Gyldholm Huse slides dybere og dybere. –

Et stort fald, Gyldholmsmark der sænker sig ned mod Lilleskoven, står tæt af unge, blågrønne roeplanter med gul agerkål og alskens selvgroet ugræs imellem, frodigt skydende frem af jorden i forsommerens solrige dage.

Ad denne roemark kravler kvinder og børn frem side om side i en lang række.

Ved enden af agrene har mødre deres barnevogne stående, som de aflægger et lille besøg, når skrigene derfra lyder for stærkt; - en enkelt mor skyder sin foran sig i furen.

Disse folk tilbringer deres dag med muld mellem hænderne, med solen brændende på ryggen og med næsen tæt over de ramme dufte, der stiger fra skarpe safter af de urter, som rykkes op.

Hver dag fra tidlig til sent, med enkelte pusterum, arbejder denne jordkrybende række sig frem over det store falds grøngule flor, der efterhånden viger pladsen for langstrakte, ophøjede rækker af sort muld, langs hvis rygge spæde roeplanter dingler, og nede mellem rækkerne ligger halvvissen aflugning, presset af kravlende knæer.

Imens er Gyldholm Huse forladt af al mandlig og kvindelig arbejdskraft. Kun de små børn er ladt ene tilbage i den lange, grå husrække.

Hjemme hos Per Holts er der tre, Anna, Peter og Povl. Et pattebarn ligger i vuggen, og den store dreng er med moderen i roerne.

Anna, Peter og Povl sidder på trappestenen og former i sand.

Så rejser den mindste dreng sig og står og tripper.

"Adda! Adda! – 'nap min bukser op!"

Han tripper mere og mere urolig, tager søsterens hånd og gentager: "Adda! Adda!"

Anna hjælper ham til rette.

Povl går for sig selv.

De andre to leger videre.

Da Povl er færdig, finder han et ris, som han svinger med, og så sparker han af sted ud ad vejen med bukserne daskende om hælene.

Han lægger sig ned og slår med de små hænder i det soltørrede vejstøv, der pulser som mel. Jo mere det pulser, des mere ler han. Han støves helt til; og i det fugtige, der løber af hans næse, samler sig en lille kage. Så tager han en lille håndfuld, som han hælder ned på sin bare hals inden for skjorten. Og han bliver ved at hælde håndfuld efter håndfuld ned, mens han griner over hele ansigtet.

De andre to rejser sig fra trappestenen, børster lidt af sig og ser sig om, som om de tænkte over, hvad de nu skulle tage sig for.

Så er det, som Anna får en ide. Hun løber hen til en stige, der står op ad halvtaget i gården. Der klatrer hun op. Hun når også ind på taget og er henrykt.

Peter entrer bagefter op ad stigen, og hun hjælper ham over til sig. Så kravler de på maven op ad det tjærede paptag, der er blødt af solvarmen. De griber med hænderne om den skarpe tagkant og ligger og spytter ned på den anden, bratte side. Samtidig sparker de med benene. De ligger så længe, at Peters vest hænger fast i tjæren.

Han græder og er helt ulykkelig. De hjælpes ad, så han kan blive fri. Men i det samme triller han ned af taget, styrter over randen ned i en stabel brænde, der vælter, og mellem brændestykkerne trimler han ud i gården.

Han rejser sig dog straks op og ser helt betuttet ud. Men på én gang brister det forbavsede lille ansigt ud i en skraldende latter, som Anna besvarer oppe fra taget.

Imidlertid er Povl faldet i søvn ude i vejsporet. Han hviler sit lyslokkede hoved på armen og drager sin ånde dybt og roligt.

Et stykke borte kommer en tungtlæsset vogn. Den skrider langsomt frem, og kusken sidder og døser i solheden.

Der rejser sig en lille sky, hver gang de tunge øg nikkende sætter de store hove fast i støvet.

Lige en fod foran Povl standser dyrene. Kusken vågner op og jager på dem. Men da den fjermer trykker sig sky, ser han frem og opdager den lille dreng, der fremdeles sover trygt.

Han drejer øgene lidt og kalder, - råber. Så far Anna og Peter broderen slæbt til side. Kusken skælder voldsomt ud.

Men Peter skræver ud med sine stumpben og råber igen: ”Hold kæft! – fa’n hukme!”

Kusken slår om sig med svøben. Peter spytter efter ham, vrænger mund, og til sidst tager han af grusdyngen en håndfuld småsten, som han kyler efter kusken.

Børnene følges ad ind i stuen, hvor den lille i vuggen skriger. Den har skreget længe og kan næsten ikke mere, så træt og hæs er den spæde stemme. Da den mærker dem komme ind, er det, som den samler kraft og tager på igen.

Anna sætter vuggen i gang så stærkt, at den lille ruller fra den ene side til den anden, og der hvert øjeblik er fare for, at den skal falde ud.

Men skrigene tager kun til i styrke.

Peter har slæbt en stol hen til hjørnebrættet, hvor faderens pibe og tobak gemmes. Han kan lige nå det. Han får også fat i tændstikker.

Men nu bliver her stor strid. Povl vil nemlig også have piben, og Peter puffer ham for brystet, så han går bagover. ”Sådan en bette rotte som dig!” siger han og river vigtig en tændstik.

Povl brøler og sparker arrigt med benene.

Vuggen går, og skrig og skrål fylder stuen.

Så kommer Sows-Kjesten rokkende ind. Det er rent galt med hendes knæ i denne tid, så hun ikke kan tåle at ligge i roerne, og hun har lovet at have et øje med Per Holts de små.

”Hva satan er’et da for et hus, I holder, I forbandede unger!” siger hun ærgerlig og tager den lille op.

”N-åh – Hæddegud, det bette jen!”

Hun pusler om barnet og gynger det på armen og får det til ro.

Så river hun tændstikkerne og piben fra Peter, ser sig om og går.

De tre små søskende får nu fat på mellemmadderne, der står smurte ude i køkkenet. De sætter sig op i sengen for at spise, men kommer snart op at slås om stykkerne. Under gråd vælter de sig rundt i vårene og ælter maden ned i sengeklæderne.

Ikke længe efter bliver de dog enige om, at nu skal de lege pænt sammen. Anna er høker, og de andre skal komme og købe.

Hun henter en papirspose med risengryn og en med puddersukker.

Peter vil gerne købe et pund sukker.

”Har du penge?” spørger Anna.

Nej, det skulle skrives.

Anna ryster på hovedet. ”Der står så meget!”

”Far skal betale i morgen!”

"Det siger du hver gang, det kan ikke blive ved!"

Peter tænker sig om.

"Du skal få penge, når far får solgt grisen!" siger han så.

"Du kan få et pund gryn!" svarer Anna og giver ham lidt, som han knopper på.

Selv tager hun af sukkeret.

Så river Peter posen fra hende og sluger alt, hvad han kan. Men Anna smækker ham på øret og tager den tilbage. Han sparker hende på skinnebenene og bander fa'n hukme.

"Fy! Skide knægt! Så får du slet ikke noget!" Hun holder posen på ryggen.

Peter giver efter, og de sætter sig alle tre fredeligt ned på gulvet og tømmer posen.

Da de er færdige, siger Peter: "Skal vi så lege far og mor?"

"He-ja-a!"

Og de to kravler op i sengen.

Men lille Povl bliver siddende på gulvet og slikker det søde af papiret, så han bliver sukret over hele ansigtet.

Derefter morer han sig med at hælde grynene hen over gulvet. De pæne, små, hvide gryn.

Senere skriger den lille igen.

De vugger og vugger, men kan ikke få den til at tie.

Peter foreslår så, at de skal gå om til Stine, at bette søster kan få pa'en.

De haler barnet ud af vuggen og slæber af sted med det. Anna kan lige bære det, når hun holder det med armene fastklemt mod brystet, men det ser mange gange ud, som hun skal falde.

Peter lukker døren op, og de kommer alle ind til Stine Røn, der sidder og pusler sin egen lille.

"Her kommer vi med bette søster. Må hun it nok få en tår. Hun skriger sådan!"

"A tror, I er halvtossede!" halvsmiler Stine og lægger den lille Holtunge til brystet.

Derefter følger hun børnene hjem, og hun befaler dem at blive inde og passe den lille. Nu kommer deres far og mor snart, siger hun.

Det er mod aften. Den lange række af jordkrybende kvinder og børn rejser sig, og samtidig løber de flakkende skygger langt hen over marken.

De står lidt og linder ryggen, idet de fører hånden hen over lænden.

De mørke skyggeflager ligger hen over den gulspættede, dunkelgrønne roemark. Mod øst blinker Ørum Højskoles skifertag som sølv. Og Lilleskovens trætoppe mod vest ser ud, som de var dyppet i guld.

De går hjemefter, enkeltvis og i småflokke.

Drengenes bukser er på knæerne stive som et panser af tykke og fugtige jordkager ligesom kvindernes skørter, der tillige slasker i trevler forneden.

Alle lugter de af muld, af roer og agerkål, og deres hænder er skrubbede og mørkbrune af plantesaft.

Nu viser også mændene sig; fra gården søger de ad stien efter Gyldholm Huse.

Da Sofi' kommer ind og ser risengrynene strøet over gulvet, den tømte sukkerpose og al den øvrige uorden, bliver hun vred.

"Det er også forskrækkeligt med jer, I unger! – En har heller aldrig fred. Når En har slæbt sig træt den hele dag, så kan En begynde forfra, når En kommer hjem …. Det er da også for galt!" udbryder hun og tager noget småvask op fra et hjørne på gulvet, hvor børnene har slængt det hen, sammenkrøllet og tilsnavset. "Her stod a i aftes og pjasked' omtrent til midnat, og så …."

Hun er tæt ved gråd. Men på én gang farer hun rundt, smækker Anna på øret, rusker Peter og knubser Povl.

Og da børnene har fået den fyring, putter de sig i kroge-
ne.

Jens, den ældste dreng, der har været med i roemarken,
synes ikke at lægge mærke til alt det. Han sætter sig stille
som en gammel mand og hviler hovedet i sin lille hånd,
der er skorpet og ruflet af lugningen og af gammelt, tørret
snavs.

Da de har spist mælk-og-brød, tænder Per sin pibe, og
Sofi' læner sig dvask og træt tilbage på stolen og hikker.

Hendes hud har ikke mere sin gamle friskhed; hun er
brunskjoldet og huløjet, og hendes før så kælne øjne har et
misfornøjet skær.

"Nu har Bolette da fået to skilderier mage til Amalies –
hik! – til at hænge i den bette stue!" siger hun.
"Så?"

"Hun ræbede s'gu sådan a'et, at En 'nap kunne være ved
siden af hinner."

"Hja!"

"Men Amalie har også lovet, sa' An' Kirstin', at hun nok
skulle – hik! – stikke hende med en anden ting – he! …
Ved du, hvad Store-Povls Maren sa' til Bolette. Hun sa',
det var bedre, du sørget for en særk, bette mor, end som
for et skilderi – den trængte du noget hårdere til, sa' hun,
he, he!"

Per smiler.

"A tror s'gu, de skændtes en hel time om'et!"

Peter er kommet frem og har plukket i den store bror;
han vil lege. Men store bror Jens har ikke lyst; han er træt.
"Du bette hvævs!" siger han vigtigt og vil ryste ham af
sig. Men Peter hænger fast som en burre.

Per Holt ler og opmuntrer dem.

"Det er en bette brøj, den Peter!" siger han. "Han bliver
en kejser, hæ! – Skal vi to rykkes?"

Peter kommer farende, som var der intet, han hellere
ville. Hans øjne stråler; de er sorte som faderens. Han er

mørk som han og har også varulvebryn. – Per ser med velbehag på ham.

Peter kroger sin langemand ind i faderens, så rykkes de, og Peter ler fornøjet, når faderen lader sig trække.

"Mig også!" Povl kommer trippende. "Også mig!"

Han får så fat i den anden hånd.

Og Per Holts ansigt lyser af glæde, mens han rykkes med sine to drenge.

Den store sætter sig på sengestokken og ser til som en voksen, der smiler ved børns leg. Han nikker imellem af søvnighed.

Sofi' pusler pattebarnet.

Hun siger: "Ja, Amalie hun kan sagtens. Vi får vel aldrig noget i vor den bette stue?"

Per tæller sine penge op. Seks kroner og tyve øre i rede penge for fjorten dages arbejde.

"Du har næsten ingen skjorter mer, og a ved it, om du tykkes, a kan blive ved at gå i de ralter længere. – helligdagsklæ'r vil a aldrig snakke om!"

Per tæller pengene endnu engang. Men der bliver ikke flere for det.

Per ligner nok sig selv, men han er magrere, og hans blik er ikke så fyrigt som før. Som han sidder der og tæller pengene efter, hænger hans underkæbe lidt, hvad der gør indtryk af noget slapt i modsætning til det underbid, der tidligere har givet hans ansigt en egen, dristig kraft.

"Kan vi it få lidt mere på klods ved ham i Ørum," siger han.

"Nej, det la'r vi nok være med. A troed', han vil' ha' ædt mig det sidste!"

"End så ham i Falling?"

"Han er s'gu meget værre!"

"Ja, så må vi til Darum, for ét sted må vi fa'n hukme ud!" – Per rejser sig, sætter sin pibe fra sig på hjørnebrættet og smånynner lidt.

Den store dreng snorker allerede henne fra sengen, hvor han er faldet i søvn med klæderne på.

Sofi' gaber. "A skulle ellers ha' vasket en smule, men a tykkes s'gu snart, det er ligdan, hvordan En laver'et!" Hun gaber igen og hægter sit kjoleliv op.

Snart sover de alle i det lille rum.

11

Det er i slutningen af marts. Sen eftermiddag.

Skyggerne fra Gyldholmshusene ligger som ensdannede, langstrakte, skæve firkanter hen over den svagt blånende sneflade.

Der er så roligt omkring husene. De små børn holder sig inde, og de er alene hjemme hele rækken igennem. De store kommer fra skole – langt borte som en klynge sorte prikker i sneen.

De bliver tydeligere og større, som de kommer nærmere. De går stille og trækker på benene, trætte af at gå den lange vej.

De fordeler sig ind i husene som en å, der grener sig.

Da Per Holts Jens åbner gadedøren, er han lige ved at styrte ned ad trappen, sådan kommer der røg væltende imod ham.

Han hælder sig bagover, løfter højre arm krum og afværgende ud fra sig.

Således står han et øjeblik ubevægelig som en lille statue af sten.

Så kaster han sin madtejne og springer ind, kravler frem på knæerne og bliver borte bag røgen, der tvinder sig i vindinger og bugter sig i bølger.

Uophørligt bliver den ved at vælte ud af døråbningen som af et uhyre svælg.

Og drengen bliver derinde.

Noget efter kommer en mand kørende forbi. Han ser en lille hånd blive stukket ud gennem en rude. Lige straks knalder der mere glas, og der driver røg ud mellem skårene. Manden holder hestene an og råber. Til Amalie, der kommer frem, siger han, at der vist er noget galt på færde derhenne, og så lader han de kåde heste, som han ikke kan gå fra, få tøjlen igen.

Amalie prøver at trænge ind ad døren til Per Holts lejlighed. Men hun kan ikke.

Hun holder sig for brystet og hikster efter vejret.

Så ser hun sig rådvild om; hun er det eneste voksne menneske, der er hjemme i hele husrækken.

Mændene er jo på arbejde, og konerne til malkning ovre på gården.

Hun får ilbud derover.

Hun farer hen til ruden og råber ind.

Det varer heller ikke længe, før Jens' hoved viser sig ved vinduet. Amalie hjælper ham, og de får en halv karm fjernet. Han gisper efter luft, gaber, som han var ved at kvæles.

Under synkende bevægelser hvæser han med tør stemme: "Bliv her – så fly'r a dem den her vej ud."

Endnu snapper han en mundfuld frisk luft, inden han viger tilbage i røgen for at finde småbørnene.

Det begynder at mørkne. Amalie ved ikke, hvad hun skal gøre. Hun tripper urolig. Børn fra de andre huse samles til og lader dørene stå åbne efter sig.

Hun får endnu en halvkarm ud – uden at der går en rude itu. Det giver da et fust, så røgen svulmer op og svæver ud i store rullende ringe.

Men drengen kommer ikke tilbage.

Hun råber hans navn flere gange. Men han svarer ikke.

Hun lægger øret til og lytter. Hendes ansigts hvidhed lyser i mørkningen.

Hun retter sig og virrer med hovedet.

"Rend, rend!" siger hun til børnene, "med bud igen! – Ok Herregud, ok Herregud!"

Hun bøjer sit hoved ind, holder hånden skærmende for og stirrer. Hun kan ingenting se uden røg.

Og så – er der ikke ild?

Hun stirrer på ny.

Jo, hun synes, hun kan skimte noget, noget der blaffer.

Da udstøder hun et råb og falder om.

Nogle af børnene, der står derved, begynder at græde.

Der er allerede skumring.

Da kommer der ovre fra gården noget sort strygende hen over sneen. Det synes at skride, så jævnt bevæger det sig, men det vokser fra et punkt til en mand på få sekunder, så susende en fart har det.

Det er Per Holt på hosesokker.

Børnene vender sig som blade for et pust, idet han farer forbi.

I et nu er han gennem døren. Men så hører de ham falde.

Han snubler over sin dreng, der er sunket sammen på dørtræet med den mindste bror krystet tæt i favnen.

Per Holt bærer dem ud. De ligger livløse i hans arme. Han løber ind i Amalies lejlighed med dem.

Som et lyn er han igen inde i røgen.

Der kommer flere og flere mænd til.

Vinduerne rives op til alle sider.

Ved gennemtrækket letter det et øjeblik. Der er ild at se. Og Per farer om derinde.

Mørket og røgen dækker for igen.

Et par mænd styrter ind til Per. Andre skynder sig efter vand.

Per Holt kommer ud med Peter. Han bøjer sin overkrop beskyttende hen over den lille dreng, mens han iler bort med ham.

Fra husenes brønde og til Per Holts stue, hvor ilden ulmer, jager sorte mænd med spande i hænderne frem og tilbage over sneen, hvor deres skygger flakker i skæret fra de lygter, som kvinderne holder lysende frem. Og børn er der alle vegne.

Sidst findes Anna. Hun er krøbet ind under fodenden af sengen.

Per går langsomt bort med hende. Det er den sidste.

Lygteskæret falder over ham. Hans bukser er revnet over knæet, der bløder af et gabende sår. Et stort stykke af hans lår er nøgent; han har ingen underbukser på. Blodet løber ned i hans hosekrave. Han har tabt sin hue. Hans øjne er røde. Smudsig er han af røg og sod, og af hans udspilede næsebor hænger sorte trevler, som lampeos i spindelvæv.

Barnet ligger som dødt med hovedet hængende over hans højre arm, forbrændt og med pletvis afsvedet hår.

Alle standser, mens Per går forbi. Mændene sætter deres vandspande, kvinderne hører op med at tale og holder lygterne så stille, som de var støtter. Og ikke heller nogen af børnene gør en bevægelse.

Per Holt ser hverken til den ene eller til den anden side. Langsomt går han og tyst i sine hosefødder på den bløde sne gennem den dybe stilhed med sin byrde.

Det er den sidste.

Først da han er borte, drager den tavse gruppe ånde – som en dæmpet bølge af suk.

Pjalt efter pjalt af sengetøjet og stump efter stump af sengestedet slynges ud af døren, hvor de hede, forkullede stykker svider og svirper, hvor de kastes, og ligger og syder det tynde snelag bort.

Man er blevet herre over ilden. Og efterhånden, da alt er åbnet, driver røgen langsom bort.

Til en forsikring går mændene om derinde og ser efter; og lyset falder hen over det overstrøede gulv og de hærgede stuer.

Og der er nogle, der slår vand på de brændte rester udenfor. —

Imidlertid er lægen kommet til stede inde i Amalies stuer.

Sofi' og Amalie går ham til hånde. Men der er ikke megen nytte ved Sofi', hun fjotter omkring fra det ene barn til det andet. Hårtjavserne hænger ned over hendes ansigt, klistret fast af gråd. Hun virrer med de tomme hænder, som hun ville udrette noget, men det bliver dog ingen ting til.

Imellem stunder vælder gråden voldsomt frem, og hun jamrer sig højt.

Per Holt åbner ikke sin mund. Han klager ikke. Han græder ikke. Ingen taler til ham. Han taler ikke til nogen. Og ser ikke til nogen. Han står og stirrer på Peter, der ligger på bordet som lig, og han tager drengens lille, knyttede hånd, der endnu er varm, tager den i sin store, ru arbejdsnæve, som han har gjort så tit, og han rører den lidt, rokker lidt med den, som han ville kalde drengen til live.

Men Peter og Povl ligger stille på bordet ved siden af hinanden, sorte og ophovnede i ansigterne.

De er kvalte. Men de er ikke kolde endnu.

Men Anna ånder ganske, ganske svagt. Lægen sprøjter hende under huden og tumler med hende. Han trækker Per fra de to lig og viser ham, hvorledes han skal foretage oplivningsforsøg med hende. Men han taler så lidt som muligt. Og Per svarer ikke, men gør, som lægen viser ham.

Amalie kommer med klude, og en smule vat har hun også. Det er til at forbinde Jens' hånd med.

Han og den mindste, som han er faldet med, ligger henne i sengen. De er tilsodede. Men de lever. De halvsover, snorker imellem. Vågner så lidt og stønner. De falder igen i døs. Vågner atter og klager sig.

Der er vabler på Jenses venstre kind, og hans ene hånd er bovnet op til en tykkelse som en voksen mands. Den opsvulmede, hvidagtige brandblære ser ud, som den var kogt.

Lægen klipper blæren op og lægger en bandage om. Det lader ikke til at gøre ondt; drengen nærmest sover, mens det foregår.

Og det foregår alt sammen stilfærdigt. Kun Sofi' jamrer sig engang imellem. Per foretager vedblivende oplivningsforsøg med Anna.

Tammes er kommet hjem, nu de er færdige med slukningen. Han sætter sig stille og ser til. Men lidt efter trækker det i hans godmodige ansigt; han rejser sig og går hen til kakkelovnen, hvor han er halvt i skjul.

Efterhånden breder der sig en stærk lugt i stuen, - skarp af kamfer og æter og branket af brændt tøj og af brændt hår.

Lægen vender sig igen til Anna.

Men han bare sukker, idet han ser på hende.

Hun trækker vejret i to, tre hurtige, stødvise sæt. Så ligger hun livløs hen med udvidede pupiller. Atter kommer der to, tre hastige dræt. Og så igen et mellemrum.

Endelig rinder den lille piges liv ud i et sidste svagt henåndende pust.

Og de lægger hende på bordet ved siden af de to andre.

Inden han går, lader lægen sit blik dvæle ved de tre barnelig og glide over forældrene. Og hans store, brune øjne drages over med en fugtig hinde. – Per og Sofi' samler deres børn hjem igen. Kammerherren har straks givet ordre til at bringe en seng og en sengs klæder om til dem i stedet for det, der er brændt. De har jo ingenting at ligge på for natten.

I sengen, der er blevet stillet op med det samme, lægger de Jens og den mindste. Og de tre døde børn føres ind i den bette stue, der ellers har stået tom; de lægger dem på en dør, som hviler på stole.

De hyller et hullet sjal over de tre små lig.

Der er rigeligt med halm. Deraf reder de sig selv et leje på gulvet. De kaster sig med tøjet på.

De kan ikke sove.

Jens ligger så urolig og giver engang imellem en klagende lyd fra sig. Det er af smerte, når han støder sin hånd. Så skriger han næsten. Men imellem stunder er der en dirrende dødsens angst, et voksent menneskes dybe kummer i barnets svage, undertiden næppe hørlige klagen i søvne – aldeles hjælpeløst som i onde drømme.

Når disse lyde kommer, går der som en skærende fornemmelse gennem forældrenes legemer.

De rejser sig, stryger børnene over kinden, taler beroligende ord. Og de lægger varsomt Jenses hånd til rette.

De går også ind i den bette stue og løfter det hullede sjal – inden de lægger sig i halmen igen.

Stuen er fyldt af gennemtrængende, sodet lugt.

De lader petroleumslampen brænde.

For de kan ikke sove.

Den lyser kun svagt, men der er dog som lidt ro ved denne lille flamme. Og natten er lang og mørk.

Sofi' græder med stærkere anfald imellem.

Men Pers ansigt er i stadig ro. Han ser ud, som han skimtede og lyttede til noget fra en anden verden, umådelig fjernt.

En gang er det, som han åbner læberne og hvisker, som ved han ikke af det: "Hvor vi er fattige folk!"

Det er, som tanken har talt uden hans vidende, for han ligger ubevægelig hen som før.

Det er det første, han siger den hele nat.
Og det eneste.

12

Per og Sofi' hjælpes ad med at lægge børnene på strå. De giver sig god tid. De vasker dem grundigt for sod og snavs, og de reder deres hår så omhyggeligt, som det måske aldrig før har været redet.

De klipper det tørre rugstrå nøjagtigt til, og Per lader sine fingre glide igennem det som en kam gennem hår.

De får samlet så mange hvide, linnedstykker sammen, at de kan dække halmen, hvor tre børnelig bringes til leje.
Så lægges de små kolde, stive lemmer til rette. Og på hvert af Annas øjne, der ikke rigtig vil lukkes, anbringes en 2-øre.

Til sidst hylles det hullede sjal over dem.

Det udføres alt sammen i tavshed. –

Sodlugten holder sig i stuen. Og der kommer en anden lugt til, som er ganske forfærdelig. Hver dag nemlig, når bandagen skiftes om Jenses hånd, udbreder materien fra brandfladen en ligefrem afskyelig stank.

Sofi' slæber om, uvasket, med pjalterne slaskende om sig, med håret i et pjusk, som gider hun ikke rede det.

Hun flytter en ting fra det ene sted til det andet, og noget efter flytter hun det tilbage igen.

Eller hun sidder og krammer en strømpe, som har tilhørt et af børnene. En hel time kan hun sidde således og småklynke til.

Det ser ud, som havde hun tabt herredømmet over sit legeme. Som havde hun ingen vilje mere. Hendes læber står slapt åbne, hendes øjenlåg er tunge, og hendes hoved hænger, som om halsmusklerne var ved at visne.

Engang imellem tager hun sig til hovedet, som om det gjorde ondt i tindingerne, og af og til gaber hun som den, der har grædt meget.

Således går hendes dag.

Per går så underlig omkring. Hans gemytlighed er borte. De seje og raske talemåder er døde på hans tunge. Han taler i det hele taget ikke. Det forsorne snit er fjernet fra ham ligesom ved et strøg. Og ikke heller ser han ligeglad ud, som han har gjort i lang tid.

Han er stille.

Men hvad denne stilhed betyder?

Folk skotter til ham, som kommer det dem for, at der er noget andet end sorg bag denne stilhed.

Per indlader sig ikke med nogen. Ingen som helst. Han har et udseende, som om han i tankerne vendte ryggen til alle sine omgivelser, men derimod havde alle sanser åbne mod noget inden fra. Noget, der skulle eller ville komme ad den vej.

Og det er en hel ny vej for Per.

Derfor er han måske så stille.

Og derfor går han måske så underligt omkring.

Men folk skotter til ham, som om de, uagtet det, der er sket, alligevel ikke rigtig forstår ham.

Og han forstår måske ikke sig selv, uden for så vidt som han aner, der vil ske noget ….

Per kan ikke få kister og ligtøj på kredit. Ikke noget steds. Ikke i Ørum eller Falling eller Darum og ikke heller i købstaden. Ikke, hverken hvor han er kendt, eller hvor han er ukendt.

Da han kommer hjem fra den tur, lægger han sin hånd på bordet og knytter den, så skindet strammes over knoerne, mens han skyder underlæben op.

Penge har han ingen af. Værdigenstande heller ikke – uden en månedsgris, som han har fået i forskud.

Så går han lige til forvalteren og forlanger penge.

Han beder ikke om dem. Han forlanger dem.

Arbejdsfolkene studser opmærksomme – og kigger ud af enden af øjnene.

Og forvalteren ser vist på ham, mens han langsomt indrømmende svarer, at det vel nok lader sig gøre på grund af omstændighederne.

Og som om Per var herre, siger han videre: "Sofi' kommer ikke til malkning."

"Ja, ja – det får jo gå i de her dage."

"Hun kommer heller ikke siden!"

"Hvad gør hun ikke!"

"Hun møder overhovedet ikke mere til arbejde her på gården."

Forvalteren gaber af forbavselse og trækker brynene i vejret.

"Gør De heller ikke?"

"A skal være her på pletten – men hun skal blive hjemme ved børnene!"

"Må jeg spørge – er De blevet tosset, mand?" råber forvalteren.

Men Pers røst skærer gennem al ting.

"Hun kommer ikke!"

Så fast siger han det, som prentede han ordene i sten.

Forvalteren løber rundt om sig selv og hugger dupskoen i jorden: "Jeg tror satan skal gale mig … hm! … Det kunne blive en net relighed! …."

Og som om han ikke rigtig ved, hvorledes han skal tage sagen, farer han ud af porten, som havde han en brand i hælene.

Men arbejderne stirrer stumme på Per, der grådigt kaster sig ind i arbejdet.

Han er ikke til at blive klog på.

Om aftenen, da han ligger på halmlejet ved siden af Sofi' i stuen med sodlugt og stank og tre barnelig – da slappes Per Holts træk.

Al vilje synes at smelte bort.

Det er, som han opgiver al ting.

Aldeles ubehersket giver han sig hen til sine tårer. –

I en gråd, der varer en hel nat, kan meget gå under og meget blive til.

13

Fra Gyldholmhusene skrider en skare frem ad Falling Kirkevej. En ligskare. Der er ikke mange – nogle kvinder og de fleste mænd fra husene. Ellers ingen.

På hver af de tre små kistelåg ligger en enkelt krans af mos, som husmændene har skillinget sammen til. Ikke mere.

Det er en tavs skare. Kun når de skifter ved bærestropperne, mumles der lidt.

Sofi' er ikke med.

Per ser ned mod jorden. Der er ingen vilje i hans holdning, og der er ingen liv i hans ansigt. Han har et udtryk som den, der ser ind i noget bundløst, noget mørkt, der ingen ende er på.

Således følger han i sit fattige tøj. Det er dagligbukserne, han har på. De er børstede og stoppede og vaskede; der er gjort alt, for at de skal se ordentlige ud.

Store-Povl har sin vadmelsfrakke på, stadsfrakken – om også dens hjemmefarvede blå er falmet i det hvidlige på udsatte steder, og dens kantebånd har en jægergrøn kulør.

De lange skøder dasker ham på benene, når knæerne ved hvert skridt giver et knæk af stivhed, der er blevet større med årene. Røde-Jens har spændt en grumset-grå jakke om sin svampede krop, - så er der heller ingen, der kan se, hvordan hans vest ser ud; der har i dag været kam i hans hår og lange, røde skæg.

Tammes gør som sædvanlig det velhavende indtryk med sit rød-hvide tørklæde af halvsilke. Men han er mere skæv end før; den venstre skulder er meget den højeste. - Jakobus vrikker af sted i nogle alt for store støvler, der skinner af kakkelovnspulver, og hvis snuder krummer sig i vejret. Han fører det ene ben, som om der var noget galt med hoften. - Palle med de store ører er i træsko, og hans bukser er alt for korte, så man kan se et stort stykke af hans blå hoser. Kræn Sows og Niels Røn er der også, og flere.

De går, som var der ikke mere nogen blødhed og fjederkraft i musklerne, stift, stumlevornt og nikkende, som på træben.

Alligevel – så snart de, der bærer kisten, ikke er i trit, træder de om, som om de havde været soldater alle sammen og var vant til at gå i flok og være under kommando.

Men Per Holt går noget for sig selv. –

Det er et stille tog, der denne gang kommer ud fra Gyldholm. Der står ingen larm og vildskab om det.

Ind i stilheden lyder et skud hen over de brede marker. Et til. Mange skud. Skud på skud. Det gjalder og genlyder fra bøsserne nede i Lilleskoven, hvor høje herrer er samlede til sneppejagt.

Under denne lystige knalden går det lille ligfølge gennem ledet i det kratbevoksede dige, som danner grænsen for Gyldholm Gods.

I bondelandet vækker toget heller ingen opmærksomhed. Hver passer sin dont, og det daglige liv går sin uforstyrrede gang. Folk ved, at de tre små kister indeholder ligene af de børn fra Gyldholm, som omkom ved et ulykkestilfælde. Men der er ingen, der kender forældrene eller i det hele nogen af herregårdsfolkene, ingen, der har omgang med dem.

Der er ingen andre på kirkevejen end den tavse ligskare.

Så sker der noget, der får den ganske egn til at vågne som ved et ryk.

Ad landevejen, der fører fra købstaden, kommer et tog af mennesker, så langt – ja, det glider frem over bakken og ned mellem landevejspoplerne, bliver ved at glide som det bånd, tryllekunstneren langsomt trækker frem af sin tryllehat.

Mændene står stille ved deres arbejde på marken, kvinderne, hvor de snakker sammen i landsbyens stræder, standser deres mundtøj, og alle vinduer fyldes med nysgerrige ansigter.

Men der er også over tusinde fremmede folk. Og der er faner.

Dette store tog af byarbejdere, der vil vise kammeraten fra landet deres deltagelse, mødes med ligskaren under en ret vinkel ved Falling gamle smedje.

Det er en frisk dag med blank sol over alle ting, over de mørke, luvslidte Gyldholmsmænd og over de festklædte arbejdere fra købstaden.

Der er netop en modsætning af det mørke og det lyse i udseendet af de to lejre, der her mødes. På den ene side de få og fortrykte. På den anden side det store tal, der alene giver den enkelte mod. Gyldholm husmænd, hvis klædedragt og hele ydre vidner om den mest tyndslidte armod, over for de hvide kraver og høje hatte i socialistoptoget.

Arbejderføreren veksler nogle ord med Per Holt, og derefter begiver det vældige følge sig med tre røde faner i spidsen op mod Falling Kirke.

På kirkegården rokker gamle pastor Hornum frem ved degnens arm. Han er en smuk olding. Den hvide pibekrave og det sølvgrå hår klæder hans fine, næsten jomfruelige teint. Den værdige præsteskikkelse har et udseende, som forudsætter en nedarvet dannelse og et rigeligt udkomme.

Præst og degn står stille og ser forundrede på den menneskemasse, der vrimler hen mod stenten.

"Jeg tror tilforladelig, at det er arbejderne fra købstaden!" siger degnen.

"Nå, det var jo smukt!" svarer præsten og retter på sine briller.

"Der er tre røde faner i spidsen!" Degnen ser lidt ængstelig på hans velærværdighed.

"Ja, men det er alligevel smukt, Hansen!" Pastor Hornum er øjensynlig under indflydelse af det indtryk, som det mægtige udøver, selv om det kun er masserne.

"Ja, det er det så sandelig!" gentager han.

De to kirkelige funktionærer, der sikkert har gået og nuslet her i mange herrens år og i mag besørget utallige forretninger sammen, synes at blive lidt nervøse over den voksende folkeskare her på deres stille kirkegård, hvor ellers kun få og spredte kirkegængere færdes, og over på én gang at være hensatte til at fungere som midtpunkt i så stor en forsamling.

De bliver enige om, at kisterne skal føres ind i kirken før jordfæstelsen, hvad ellers gerne er en ære, der forbeholdes større bønder og andre bedre folk, når vejret er så godt som i dag.

Snart kommer landsbyens koner farende ind ad alle kirkelåger, forpustede og forjagede af hastværk. Med grådige øjne sluger de alle de fremmede, og de vrikker sig frem til kirkedøren for at komme med ind.

Gyldholm tyendehusmænd er nær ved at snuble over deres egne ben, så forbavsede er de, og sådan glor de rundt om. Dog veksler de i hast halvhviskende et par ord.

Store-Povl ryster smilende på hovedet: "Sikken begravelse her bliver ud av'et!" –

"Ja, det var dævlen tejme it engang den fjerdepart, da den gamle kammerherre blev jordet!" svarer Røde-Jens.

"Nej, En har snart aldrig set mage i sine dage!" bemærker Kræn Sows med munden fuld af spyt.

"Det er pænt gjort af dem," siger Palle.

"Tho de er jo it andet end arbejdere ligesom en anden!" Jakobus spytter langt fra sig.

Niels Røns øjne tindrer: "Ja, men de er alligevel folk, der kan noget. Og de vil den'eme også noget. Det kan En da se med sine egne øjne!"

Folk strømmer ind i den lille, tarvelige kirke med mugne, grønskjoldede vægge og brungråt bræddeloft, der drypper af fugt.

De to øverste stole har dog et særegent udstyr, som drager øjnene til sig, og de bærer årstal og kammerherrens slægtsvåben indgraveret i dørene. Desuden hænger der lige for stolene næstefter nogle mindetavler med blade af snoet sølvblik over afdøde af de første gårdmandsfamilier i sognet.

De tre små kister står på række med den enkelte, fattige moskrans på de sorte låg.

Folk sidder pressede sammen i stolene og står stuvede på gulvet helt ned gennem våbenhuset og ud på kirkegården. Hundreder af øjepar er rettet op mod koret; hundreder af menneskehoveder holdes i en lyttende stilling, forventningsfulde over for de ord, der nu skal lyde fra kirkens korbue.

Pastor Hornum retter sig og fatter med hænderne om folderne i sin præstekjole.

Men idet han ser op, er det, som hans rare, gamle ansigt med det samme dækker sig under en teologisk maske.

Og han taler kun de sædvanlige ord.

Om døden, der er syndens sold, om ulykken, der kommer over menneskene for at drage deres tanker til det hinsidige og for at minde menneskene om, at denne verdens goder er for intet at regne, og at vi har vort egentlige hjem i de evige boliger.

Ganske det almindelige og det sædvanlige. Ord, der falder som døde fugle i det skumle kirkehus …

Men udenfor hvælver den fri himmelkuppel sig over forårets luft, over kirke og by og hus og gård og slot og marker og syngende lærker – og over kirkegården, der er fyldt af mænd, som står med blottede hoveder.

Da spadekastenes bump dør hen, beder arbejderføreren pastoren om lov til at sige et par ord, hvilket tilstedes i forvisningen om, at tilladelsen ikke vil blive misbrugt.

Så snart føreren, der af udseende er en ren arbejdertype, åbner munden, spændes årerne i hans rødsprængte ansigt som af et indvendigt pres. Hans tale har en stemningsvækkende klang, der næsten betyder mere end det lidt, han siger, og han lægger med stor kraft en særlig vægt på enkelte udtryk, som han udtaler med en agitatorisk betoning, der klinger af fuldt bryst. Hans opøvede stemme bærer ordene hen over forsamlingen, så de tydeligt høres helt ud til kirkegårdsdiget: "Vi er her kommet til stede for at vise vor arbejdskammerat deltagelse i hans store sorg. Vi beder Dem ikke at glemme, hvor ansvaret hviler for det, der her er hændt. Og vi vil håbe, at enhver rettænkende mand og kvinde med os vil arbejde hen til at tilvejebringe sådanne samfundstilstande, at forældre ikke nødes til, for at skaffe det tørre brød, at måtte overlade deres små børn til sig selv, til tilfældigheder, til deres triste skæbne, så at slige ulykker som denne i fremtiden kan forebygges."

"Ja, det er i grunden rigtigt. Sådan noget bør jo egentlig siges!" bemærker pastor Hornum og giver føreren hånden til farvel.

Per Holt takker; han letter sin hat, der har en fedtet rand langs skyggen. Dernæst løfter han sit hoved og ser ud over de tusinder af mænd, der her tæt omgiver ham, fordi de føler med ham.

Der kan tændes meget i et nu.

Han samler de mange blikke i sin sjæl som i et brændpunkt..

Og det lysner ud fra hans øjne af styrke og af mod.

Og hans ansigt lægger sig i beslutningens faste linjer, mens vårvinden stryger gennem hans hår.

14

Der står en flok Gyldholm husmænd uden for husene.

Der er blevet en øjensynlig forskel på Per Holt og de andre.

Han ser ud som den, der har oplevet meget. Det uklare og det flakkende skær af flygtige tanker er ikke mere i hans udtryk. Hans blik er roligt og fast som dens, der både ved noget og vil noget.

De andre derimod har intet indre oplevelsens mærke på deres pande. De bærer ikke præget af noget stærkt individuelt liv, men derimod mængdens halvtudviskede fællespræg med øjne som duggede ruder.

Per er blevet magrere, men des mere synes hans kraftige træk udmejslede i skarpe linjer. Hans underbid giver ansigtet en stejl holdning. Og i to furer, der går fra hans næsefløje til hans mundvige, ligger megen bitterhed skjult.

Det er søndag eftermiddag. Og der er en glans af sol over spirer og knopper og Gyldholmsmarkernes friskgrønne rugfald.

Og over Slottets røde tage og hvide murflader.

Men langs de smudsig-grå arbejderhuse blotter lyset fattigdommen. Hist og her kommer koner ud i bare arme, der er tynde og muskeltørre med spidse, røde albuer. De hænger lidt bleer og vaskede pjalter på ribsbuskene og skynder sig ind igen. Og der, hvor mændene står, hænger en underdyne med en skjoldet plet, som solen brænder på, så den lugter.

Per holder i venstre hånd et eksemplar af "Socialisten", og med bagen af den højre hånd slår han mod papiret og siger: "Værsgo! I kan selv læse det! Det står her med tydelige bogstaver – værsgo!"

Der svares med "Ja-a, jo-o, me-n."

"Vi behøver bare at se os om, hvor vi står. Al den Guds velsignelse af dejlig jord, der ligger her for vore øjne" – Per svinger med hånden ud ad markerne – "den kunne vi husmænd leve af i hundredvis, om vi kunne få lov, men nu er der kun én familie om den!"

"Vi andre lever da for resten også, Per," bemærker Store-Povl.

"Lever? – Hans køer lever også, for han kan ikke undvære dem. Og han er også nødt til at holde liv i vi andre, om jorden skal drives. Men stor forskel tror a ikke, han gør på os og på hans dyr …. han kæler s'gu da mere for hans hunde og hans heste end for os, for ikke at snakke om hans rådyr!"

Ved disse ord går der et mere eller mindre tydeligt indrømmelsens smil over husmændenes træk. Niels Røn nikker bifaldende, og Palle står gabende og hører stærkt optaget til.

"Ja, hvis sådan en mand så udrettede noget til gengæld. Men hvad gør han for os? - - Han er os på tværs alle vegne. – Og hvad gør han for landet, sådan en mand? Mere end andre folk? Hva?"

"For landet? – Ja, hvad fanden – for landet?" Røde-Jens blæser det ud og ser til de andre, som om han ville spørge: Hvad mener han?

Men Jakobus kråner sig vigtig: "Da ved a faneme, han betaler de store skatter. – Det skal der vel også nogen til!" Han skotter overlegent til Per, som om han tilføjede: Nu kan du tygge på den!

Alle ser til Per, hvad han nu kan svare.

"Ok Herregud! Den klat skillinger …."

"Du er blevet svær flot, Per," udbryder en under munterhed fra de andres side.

"… Tror I, det er noget mod alt det, som vi andre kunne svare, dersom Gyldholm var stykket ud i landsbyer. Og her er udmærket plads til dem! De kunne ligge her så pænt, den ene by ved siden af den anden med hundreder af mennesker!" – Per taler, som om det, han nævner, virkelig lå der for deres øjne. "Jo, den svend han kunne så herlig undværes, Jakobus!"

"Ja," siger Niels Røn fast og nikker, og Palles øjne lyser og hænger beundrende ved Per.

Jakobus skyder underlæben op og rynker munden sammen, som om han tænkte meget dybt.

Store-Povl retter sin stive, knoklede skikkelse, men langsomt, som måtte han omgås forsigtigt med den, for at den ikke skulle knække i leddene: "Jamen magten, Per? – De er de stærkeste, og de vil være de stærke!"

Da snor Per sig som en hvirvel og vifter med "Socialisten": "Det er netop derfor, vi skal slutte os sammen, for at vi også kan blive stærke. Se til arbejderne i byerne! Det er ikke så længe siden, I så dem herude. Der er sammenslutning! Der er styrke! Over hele verden går arbejdernes organisation!"

Da Per siger "over hele verden", stråler hans sorte øjne, og der blinker et genskin i de andres.

Så begynder Jakobus at vrikke med hovedet, og alle ser hen på ham.

"Nu skal a sige jer én ting. De stærke, der lever nu, de har ved hanken af kovsen, men i sjocialismen vil der vel også blive nogen stærke, og de ta'r sateme også ved hanken af kovsen! Så ved a ikke, hvad der er bedst!" – Han ser sig selvbevidst om.

"Ja, det bliver s'gu heller aldrig anderlund!" siger Røde-Jens afgørende og affejende. På én gang tændes der et forsorent liv i hans røde, brutale fjæs, idet han udbryder: "Og vi har jo også både kort og kon' og kande – hvad fanden skal vi med mere, ha, ha!"

Per svarer: "Den slags må du gerne beholde for dig selv. Og a vil bare sige dig, at din prat .... Ja, det er nu af den slags!" halvsmiler han hånligt.

Da rejser Jens børster. "Du er vel dævlen han tejme hverken bleven præst eller pave – endnu!" råber han og træder nærmere. Han knytter uvilkårligt næverne.

Men Per rynker sine varulvebryn og ser fast, tæmmende på ham.

Så er der en høj, skarp kvinderøst, der får mændene til at dreje hovederne. Det er Bolette. "Pas du dine egne unger og dit eget mogeri!" råber hun. Og så farer der en blikkasserolle frem som et kasteskyts mellem to gavle. "Tak for lån, din mogso!"

Mændene vender atter hovederne sammen; de har hørt og set sådan noget så tit.

Kræn Sows bemærker, at siden den ny forvalter er kommet, så er det alligevel svært, så folkestuen er flinket op. Kosten er jo også meget bedre. "Og de her arbejderakkorder, han har indført med vi andre, det skulle da også være en gevinst til vor side, mener a. – Det må da lige godt være kammerherrens vilje, sådan noget!"

Per svarer: "At vi husmænd, når vi ta'r både kone og børn til hjælp, ikke engang kan holde den nødvendige føde i huse, uden vi skal skrives ved alle landets høkere, så længe vi er unge, og gå på fattiggården, når vi bliver gamle – det er også kammerherrens vilje. – Andre mennesker kan trække i deres pæne klæ'r og tage både det ene og det andet sted hen og både se og høre noget. Hvad kan vi? – Blive hjemme, for vi har hverken klæ'r eller penge. – Det er også kammerherrens vilje!"

Udtrykkene i mændenes øjne siger, at Per i grunden har ret.

"Der er ingen anden vej end at organisere os. De store er'et. I må huske, at kammerherrer, grever, baroner og den klasse, de er nu én slags folk, og vi andre er en anden. Det, vi skal ha' fra dem, det skal vi nappe dem for og tvinge dem til. Godvilligt bliver det ikke – tror I så ikke, vi havde haft det for længe siden? – Hva'?"

"Jo!" siger Niels Røn fast og ser sig om. Palle nikker. De andre tier.

Tammes Forkarl er ikke til stede. Han stikker næsen frem fra sin gavl, men trækker sig forsigtig tilbage, da han nok kan se, hvad der foregår.

Kone efter kone kommer på vejen til malkningen forbi mændene.

"Tykkes I nu, det er helligdag for dem," hentyder Per. "Malke tre timer om morgenen, tre timer om eftermiddagen og vaske og pjaske derimellem? Og vore børn ..."

Per standser brat som mindet om en sørgelig begivenhed. Men han tvinger med stor kraft sin bevægelse og fortsætter, mens der er en lyttende lydløshed omkring ham: "Er dette da ikke et slaveliv? – Men vi mærker det ikke til sidst. Sådan lever vi op, sådan levede vore forældre, og sådan lever vore børn – og til sidst kan vi hverken høre eller se, eller fatte eller føle!"

Per er steget i varme. Hans hjerte taler, og alle husmændene tier.

Store-Povls Maren er kommet lidt bagefter de andre
koner, og hun siger, idet hun går forbi: "Hva' er'et, I har
for? Du husker vel ham den anden, der måtte rejse, Per,
og du har både kone og børn!"

"Han var en mand, og a takker ham, hvor han så er!"
svarer Per.

"Men var'et nu alligevel it klogest, Per, du lukked' din
pose og holdt din' hund' hjemm'!" siger Povl venligt.

"A vover min trøje! Hvad a si'er, det sæder! Og a er fa'n
hukme hverken til å vrist' eller vri'!"

Der er noget så urokkeligt, næsten monumentalt ved Per
Holt, som han står der høj og kæk imellem dem, at hus-
mændene uvilkårligt ser op til ham.

15

Per Holt vågner hver dag som en troende, der er nyvakt.
Og socialismen er hans religion.

Hver dag får han gennem "Socialisten"s spalter bud fra
den store menighed, der strækker sig over hele verden. Og
fra dette hemmelighedsfulde fjerne stiger hans voksekraft.

Det er, som han har fået sit hoved oven ud af en tåge, og
hans religion har tændt nyt lys over Gyldholms daglige
liv. Det, han før ikke kunne se, ligger nu for ham i sin
nøgne, hellige sandhed, som om hans øjne var blevet viet.
Det ensformige grå skiller sig nu for ham i modsætnin-
gens klare farver.

Når de høje herskabsdamer i elegante toiletter spadserer
inde mellem parkens farverige og duftende buskadser på
den anden side af det hvide stakit, - og når de fattigklædte
arbejdere går i gåsegang over ladegården, krøgede under

store byrder, så fremstiller dette sig for ham som to billeder.

Som to billeder, der skriger mod hinanden.

Alle det daglige livs forhold trænger sig ind på ham gennem en forfinet opfattelse: husmandens kuede adfærd over for forvalterens bryske væsen – det usle, skumle, ildelugtende rum, hvor tjenestekarlene bor, over for det høje, lyse, luftige lokale, hvor herskabets ride- og køreheste opholder sig …

Og det skriger på alle kanter.

Og alle vegne ser han modsætningen.

Denne modsætning prædiker han, og han forkynder den ny religion, som er kommet til Gyldholm.

Ved hundrede små lejligheder forkynder han den, i spisetiderne og på vejen fra og til gården.

Uafladeligt.

Som en fange, der borer ved dag og ved nat.

Og når han kommer hjem til sit fattige hus, hvor armoden sidder nøgen på tærsklen, griber han "Socialisten" og fordyber sig i læsning.

En aften gør han et ophold, smiler og ser frem for sig: "Nu tror a endelig, de er kommen så vidt, at de kan begynde at blive gale i hovedet." – Han siger det halvt til sig selv og halvt til Sofi'. "De nye husmænd, der er kommen, de er lidt villigere med på'en."

Men Sofi' slæber om i stuen med tøjet sjaskende om sig. Hendes slanke figur har krummet sig. Hun er smalskuldret og sammensunken. Hendes ryglinje går som en segl, bryster har hun ingen af, formen er helt gået af hende.

Og så ser hun så underlig ud af øjnene. Den samme mangel på udtryk, hun har haft siden ulykken med børnene.

Per ser over på hende, men tager snart sine øjne til sig. Lidt efter er hans blik atter rettet mod hende, men han flytter det hurtigt igen, som han ikke vil, hun skal opdage, at han iagttager hende.

Mens han således sidder og ser på hende, viser de to furer sig tydeligere og tydeligere, som bitterheden har gravet ind ved Per Holts mundvige i sådanne stunder.

”Hvordan har du’et, Sofi’?” spørger han.

Hun vender langsomt sine øjne: ”Å, i de her dage er det ikke bedst med mig. Det er nu igen, som om der var en blykugle herinde bag i hovedet,” siger hun træt og bevæger hovedet, som om hun havde en alt for tung hat på. ”Men det går vel over igen.”

Per Holt rejser sig, som blev han stukket af en brod, og går hastig hen over gulvet med et udtryk, som ville han gå tværs gennem væggen.

Han bliver længe ved at gå frem og tilbage, og hurtigt, som om det koger i hans sind.

Endelig sætter han sig og ånder ud i et langt suk, som om hans legeme havde glemt at drage ånde, mens hans sjæl har været optaget.

Så samler han sine blade sammen, ordner dem omhyggeligt i småpakker, tænker over, hvilke stykker der hører sammen, og lægger dem varsomt hen på hylden. Men de eksemplarer, der indeholder artikler om branden hos ham og børnenes død, gemmer han særskilt.

Han behandler ”Socialisten” – ikke, som det var gamle aviser, men som var det selve den hellige bog, hvori hans religions læresætninger er nedskrevet.

16

Det er en sommermorgen. Gennem den lette tåge tager Gyldholms mange bygninger sig ud som en hel by med lyd og larm af mange slags arbejder.

Ad stien fra Gyldholm Huse går Røde-Jens, Jakobus og et par af de nye husmænd. De har ikke travlt, uagtet arbejdet på gården for længst er i fuld gang. De har nemlig en akkord i Søvangen, så dagen er deres.

Derfor går de så rolige, som om de rigtig vil nyde bevidstheden om, at dagen er deres egen.

De giver sig tid til at skæmte med malkepigerne, der skurer spande ved mejeribygningen, og de råber et par muntre ord til mugeren, der kører gødning ud af stalden med ”Lise” og den tohjulede jumpekasse.

På den anden side gården kommer forvalteren med lange skridt tværs over marken henimod dem. Han ser mere pæn ud end den forrige; han er spinklere, ligner mere et stuemenneske og kunne antages for skolelærer.

Da husmændene ser ham, mumler de noget indbyrdes. På en lidt anstrengt måde tager de sig derpå sammen i holdning og miner. Og det kan ses, at de har aftalt at møde forvalteren anderledes, end de plejer.

”Synes De, det er en tid at gå til arbejde på!” råber han.

”Det passer nu vos!” svarer Røde-Jens.

Forvalteren studser ved dette svar i en så uventet tone og ser på mændenes ansigter.

”Er’et it en akkord, vi har?” spørger Jakobus.

”Jo-o!”

”Nå, ja det tænkte vi også!”

”Men akkorderne er blevet til, for at vi kan få noget mere bestilt, og De kan tjene noget mere, og ikke for at De skal drive. Men det skal vi nok få ændret!”

"Der kunne også gerne træffe at komme noget i vejen, hr. forvalter, - det kan der så nemt!" Jakobus og de andre smålér og går videre.

Forvalteren står stille på vejen og ser forundret efter dem.

Da han er gået lidt frem, vender han sig igen og ser efter dem, og han rører læberne, som om han småsnakkede med sig selv.

Han træffer mugeren, der nu er færdig og står og hviler sig. Det er en af de nye husmænd, der har den plads.

"Nå, De ta'r nok Deres magelighed," siger forvalteren, idet han går forbi.

"Ja. Har De noget imod'et!"

Der kommer et vågent øjekast fra forvalteren, som om han tænkte: Atter dette studse svar. Men han siger ikke noget. Han går bare videre og kniber øjnene sammen, som om han spekulerer og lytter varsomt iagttagende.

Inde i høladen står Sows-Kjesten i stanghullet og tager imod fra Pers vogn. Hun sveder, så det triller af hende, og de gråsprængte hårtjavser ligger klistrede mod hendes ansigt. Men alligevel er hun ved at gro efter i hø.

Forvalteren ser, at de andre vogne, der holder i række bag Pers, næsten har aflæsset, og han råber op til hende: "Kan De skrubbe Dem lidt der, gamle!"

Per ser bistert ned på ham og siger, at forvalteren vel nok ved, at Kjesten i går faldt ned og slog sin ene arm.

"Hvad satan kommer det Dem ved!"

"Ret og uret kommer os alle ved!" svarer Per fast.

"Mon De egentlig ikke befatter Dem med mere, end De kan komme heldigt fra, Per Holt!"

"Det vil vise sig."

Forvalteren åbner munden halvt, som om han ville spørge, hvad det skal sige. Men som gik der et lys op for ham, bryder han af og går bort langs vognrækken, idet han lægger mærke til, hvor forskelligt mændenes udtryk er fra det sædvanlige.

Da han når ud gennem ladeporten, standser han og støder stokken i jorden. Han ser grundende hen for sig og hvisker: ”Hva' satan er der i gære!”

Store-Povl kommer ovre fra smedjen med en fork. Forvalteren skrår over imod ham: ”Hør, Povl, De er en ældre, fornuftig mand, hvad er det, der er i gære her på gården?”

”Det kender a ikke. Men al ting har jo sin tid, hr. forvalter!”

”Hvad mener De med det?”

”Ingen verdens ting!” svarer Povl og flirer i skægget.

Sådan er det alle vegne, hvor forvalteren kommer den formiddag. Det er, som luften er ladet med noget.

Om middagen forstikker Tammes Forkarl sig i udhusene. Han vil øjensynlig ikke følge i flok med de andre.

Forvalteren opsøger ham: ”Hør, Thomas, hvad er det, der er i gære? – Noget er der!”

”A ved ingen ting om nogen ting,” svarer Tammes ræd og forsigtig.

”Det er vel Per Holt, der skal sætte noget i scene – hvad?”

”A holder mig uden for'et, så ved a, a er fri!”

”Tænkte jeg det ikke nok!” – forvalteren fjerner sig.

Om eftermiddagen går kammerherren og forvalteren en tur sammen.

”Jeg tror, de strejker, kammerherre!”

”Strejker? – Det kan de jo ikke, kære, når de er tyendeloven underkastet.”

”De tager vist intet hensyn til den.”

”Nej, hensyn tager de så vist ikke! Nå, nu begynder det igen! Denne forbandede socialisme! .... Ja, det er virkelig højst beklageligt, Sørensen, med denne moderne gift, der ødelægger det smukke forhold, som altid har hersket her på stamhuset, og forstyrrer disse stakkels menneskers rolige lykke og tilfredshed. Højst beklageligt!"

"Ja, der er ingen, der har sagt noget ligefrem, men jeg kan mærke det på hundrede småting, og jeg kan se det på dem."

"Ja, v-e-l! Men det er jo egentlig slemt nu på denne årstid?"

"Å, de truer bare for at tvinge kammerherren."

"Tvinge, ja tvinge – det er rigtig denne modbydelige måde!"

"Men dersom kammerherren lader, som de er ligeglad, enten de rejser eller ej, så kommer de snart den ene efter den anden og tigger om at blive."

"Tror De?"

"Jo, jeg kender dem, de er jo ganske ligesom børn."

"Ja, det er såmænd vist, Sørensen – ganske som børn! – Hvem er hovedmanden?"

"Det er den her Per Holt."

"Vel! Han skal bort. Han skal under alle omstændigheder bort! – Han er ellers en flink arbejder?"

"Det er han. Men siden det uheld med børnene er han kommet ind på dette her socialistiske."

"Hja! Det var jo kedeligt med de børn – men disse husmandskoner er også nogle underlige, uordentlige og ligegyldige mennesker, at de ikke passer bedre på!"

"Det værste er jo, at konen ingen ting er til nu."

"Ja, men vi har jo en udmærket offentlig forsørgelse, Sørensen!"

"Ja, det er s'gu ikke for meget til ham!"

"Nej, han skal bort, jeg vil dog en gang rense denne gift ud fra grunden af. – Men lad os nu se, hvad det bliver til! Det vil dog interessere mig at se, om disse folk, der i mange år har fået deres ophold her fra stamhuset, virkelig vil gøre alvor af det! – Nå! Vi tager dem altså overlegent!" smiler kammerherren, idet han hilser let farvel og

drejer ind gennem det hvide stakit, hvor sirlighed og stil-
hed hersker om det gamle Slot.

"Å, hør, Sørensen!" kammerherren vender sig. "Vil De
sørge for, at tømreren får rettet ved den vestre sluse til
fiskeparken. Jeg kan ikke forstå, hvor karusserne bliver
af."

Om aftenen, da husmændene går hjem ad den dybttrådte
sti, og Per Holt ser de små arbejderhuse ligge der foran sig
med kludene til tørre på risene, kaster han et blik over på
Slottet og siger: "Dersom kammerherren ikke havde os
nødig, tror I så, han ville ha' de her barakker med alt vort
fattige kram til at ligge der og stinke sig i næsen?"

Og noget efter bemærker Palle, der jokker af i sine for
korte bukser: "Når sjocialismen går igennem, så får han
sateme it lov at gå omkring oppe i de store stuer længere,
den svend!"

"Det er jo ikke sikkert, det går således til, Palle!" svarer
Per halvtsmilende.

"Ja, da bliver'et en anden tid, skal a lov' for, he!"

Inden de skilles, siger Per med en stemme, der klinger
som en appel og højt, så det næsten svarer igen mellem
husene: "Vi er altså enige alle sammen?"

"Ja!" svarer de i kor.

17

Næste middag står en tre, fire husmænd ved gavlen af
mejeribygningen. De lader ikke til at ville hjem. Derimod
kigger de sig om, dels ængstelige, som om de frygtede for
at blive opdagede, dels som om de ventede på nogen.

Så kommer der en til og to til og en igen. Og så kommer
Per Holt. De samles, alle Gyldholms husmænd, i en stor

klynge, og efterhånden, som den vokser, antager de en dristigere holdning.

De er der alle undtagen Tammes; han er slet ikke at se.

Derimod viser mejeribestyreren sig i døren og bag ved ham et par piger, der gør store øjne. Skytten, der kommer fra Lilleskoven, går hen til smedjen, hvor han og smeden stikker hovederne sammen, idet de ser hen på husmændene.

Klyngen sætter sig i bevægelse over mod det hvide stakit. Per åbner lågen.

Og så overskrider Gyldholm tyendehusmænd for første gang i deres liv den fine, skarpe linje, som gør skel mellem deres og kammerherrens verden.

De går uvilkårlig lidt varsomt henad de grusede gange, de skotter op ad de store murflader, som om det hele var større, end de havde tænkt sig, og efterhånden som de nærmer sig Slottet, synes de at synke lidt i knæerne.

Per Holt, Store-Povl, Jakobus og en af de nye husmænd sætter deres træsko på trappestenen og går ind til herren, medens de andre bliver stående udenfor.

Både Povl og Jakobus er gråhårede mænd, men de bliver ligefrem blege, idet de går hen over den storstilede forhals tavlede fliser.

I kammerherrens med billeder og med tæpper overdådigt udstyrede værelse hviler han selv på en tyrkisk divan med en cigar og en avis. Ved siden af ligger en prægtig broholmer, der rejser sig halvt og knurrende ved husmændenes indtræden, indtil den får et tyssende ord fra sin herre.

Per Holt tager ordet: ”Vi kommer på husmændenes vegne for at bede kammerherren lægge 25 øre på daglønnen.”

Kammerherren ser ligegyldigt over sin avis og svarer: ”Det kan jeg ikke, min gode mand!”

”Ja, så er vi enige om, at vi vil rejse alle sammen!” siger Per Holt fast.

Store-Povl og Jakobus kaster på én gang et stjålent blik på kammerherrens ansigt for at aflæse virkningen af disse ord.

Men kammerherren svarer bare, idet han tager avisen for sig: "Nå, er De det!"

Og så bliver der med et så ganske uhyggeligt stille.

Povl og Jakobus ser hen til Per, der klipper med øjnene, som om han tænkte hurtigt. De begynder at trippe, og Povl krummer sine store, knoklede fingre.

Således går måske tresindstyve sekunder.

Endelig ser kammerherren op og spørger: "Er der mere, De vil?"

"Kammerherren vil altså ikke lægge 25 øre på?"

"Det har jeg jo svaret på, mand!" siger kammerherren og ser vist på Per Holt.

De går langsomt ud.

Så snart de viser sig på trappen, går der en nedslået stemning som en skygge af skuffelse over de ventende husmænds træk.

"Han vil ingen ting!" svarer Per på de spørgende blikke.

Store-Povl famler fødderne ind i træskoene og tilføjer: "Nej, han er s'gu ligeglad."

"Han lader i al fald således," bemærker Per Holt.

Først da de er kommet uden for stakittet, begynder de at tale igen.

Kræn Sows ælter skråen: "Nej, sådan nogen, de er ikke sådan at tages med!"

"Vi skulle ha' ventet, til vi stod lige i høstens tid, så havde han været nødt til at gå i tøjet." Det mener Jakobus.

"Ja, men hvad vil han gøre, når vi nu rejser alle sammen – det ville a gerne se!" siger Niels Røn og ser lyst op.

Det er kun engang imellem, der falder et ord. Det meste af tiden går de tavse.

Kræn Sows rømmer sig: "Det er naturligvis for simpelt for sådan én at bøje sig for vi andre."

Røde-Jens ser hen til Per med et skadefro glimt i øjet: "Mon du it har lavet vos en pandekage her!"

Per Holt halvt standser sin gang, løfter sit hoved, ser rundt og spørger frit: "Var vi ikke enige?"

"Jo, gu var vi så jo!" svarer Store-Povl.

Derpå går de tavse et stød, indtil Niels Røn bemærker: "Han kan også træffe at blive ved et andet sind inden aften!"

Da de kommer til husrækken, siger Per: "A ved i al fald, at ringere, end vi har det her, kan vi ikke nemt få det, og nu høsten står for, er der arbejde nok. Og så må vi også huske, at vor sag kan ikke gå frem på anden måde!"

Uden at sige et ord går hver ind til sit for at spise middagsmaden.

Den første, der viser sig udenfor igen, er Røde-Jens. Men der kommer snart nogle flere til.

"Det ser ikke bedst ud, dette her!" siger en.

"Hvor skal vi rejse hen, alle vi mennesker?" ryster en anden på hovedet. "Nej, det er en gal historie den."

Røde-Jens trækker sig i sit lange skæg. "Per Holt, det er en selvrådig asen. Han har altid villet være kop-og-kand'."

"Det er nu alligevel ikke værd, du river i hans skind!" bemærker den nye husmand, som har været med i deputationen.

"Det er også lige meget med det," råber Røde-Jens, "men nu vil vi dævlen han tejme ha' bud efter en flaske brændevin, for en glad eftermiddag det vil vi s'gu ha' ud av'et!"

Så sætter de sig ind i Røde-Jenses stue, hvor konen går automatisk om med livløse øjne, der ligger som tinknapper i den askegrå hud.

Men Bolette raser.

"Er du da blevet helt tåbelig, din gamle nar!" siger hun til manden. "En skulle næsten tro'et. Hitte på sådanne

kunster! Tror du, kammerherren vil finde sig i sådan no-
get! Det er den Per Holt, men a skal fajen tamme også nok
læse en lektie for ham, den svend ..... Du behøver it å
vrikk' med det sølle dummerhoved, du har, for du skal
hør'et, om det så var mine sidste ord ..."

Jakobus siddr ganske stille.

Men Bolette farer som en ond ånd fra hus til hus, ud af
den ene gavl og ind ad den anden.

Da hun kommer til Pers, sidder Store-Povl, Niels Røn og
Palle derinde og drøfter stillingen.

Hun river døren op, og uden indledning tager hun fat: "I
er den unde knuse mig nogle nette mandfolk! Her sidder I
og prater en højlys arbejdsdag! Hvad mon du egentlig
bilder dig ind, Per Holt? Det er da nok din mening, du vil
ha' vos til at stå nagen under åben himmel! Men du er den
unden knuse mig it andet end som en fattig trevl, Per Holt,
det vil a lade dig vide, og a tænker snart, du er færdig med
at spille abekat på de her pladser ...."

Ligeså hurtigt, hun er kommet, forsvinder Bolette igen,
smældende døren i efter sig. Og mændene fortsætter sam-
talen, som intet var hændt.

Imidlertid lister Jakobus ud bag om husene, at ingen skal
se ham, og kommer over på gården.

Her går han og lusker, indtil han træffer forvalteren.

"Nå, I er ikke rejst endnu?"

"A tænker it, det bliver til noget!"

"Ikke? ..... Hvor I fortjente et ordentligt rap over snu-
den!"

Jakobus klør sig i nakken: "En kan vel nok komme
igen?"

"Hja – det ved jeg s'gu ikke." Forvalteren ser betænkelig
ud. "Vi kan få folk nok, m-e-n kammerherren er jo en
human mand, og De har jo været på gården i mange år, -
De kan jo prøve at gå ned til ham."

Forvalteren skynder sig bort.

En tid efter kommer Jakobus ud gennem det hvide stakit med et fornøjet ansigt og skræver vigtigt af sted over mod husene.

Da han kommer forbi Røde-Jenses, er et par af selskabet udenfor og får at vide, at han er antaget igen.

"Det kan også være, I andre kan komme igen;" siger han. "Men I skal skynde jer, for di kan få folk nok!"

"N-å, det kan vel – som de kan bande – også være til i morgen tidlig!" råber de og går syngende ind og fortsætter gildet.

Det går som en løbeild gennem husrækken, at Jakobus har været hos kammerherren.

Inde hos Per Holt sidder mændene fra før endnu og tales ved.

Der er en stille alvor over Per.

"A ser nok, at slaget er tabt!" siger han. "Linjen er brudt, og nu, de sidder og svirer inde ved Røde-Jenses, kan a nok forstå, hvor det hele ender. Der er langt tilbage!"

Per sukker.

Men han ser straks frejdigt op og siger: "Men den dag kommer nok, da vor sag vinder sejr! A rejser naturligvis, men I kan jo ligeså godt blive, og det kunne endda være, I kunne tage sagen op igen!"

De andre tre mænd sidder så underligt stille.

"Dersom du nu får'et godt, Per, hvor du kommer hen, så lad os det vide, Per!" siger Niels Røn.

"Ja, det skal du love os, Per!" tilføjer palle.

Store-Povl ser med sine godmodige barneøjne på Per og siger: "Det er kedsomt, du skal rejse fra os på den måde. Men jen ting skal a love dig" – Povl lægger sin brede, knoklede hånd op på bordet – "at er der nogen, der vil ryw i dit skind, skal a den undeme ligegodt klappe dem!" –

Ved aftenstid går Per Holt over på kontoret.

Så snart han åbner døren, bryder forvalteren ind over ham: "For Dem er der lukket! Kammerherren vil ikke se

Dem et øjeblik længere her på gården, og inden tre døgn skal de være ude af lejligheden!"

"Det er svært, som kammerherren og mig er enig den her gang."

"Men kammerherren har givet mig ordre til at udbetale Dem også det lille indskud, vi forbeholder os hver fjortende dag. De ved, at kammerherren er en human mand – værsgo!"

"Ja, han er en voldsom human mand!" Per smiler bittert.

"Jeg tror min salighed, De gør nar! – Hør, ved De hvad, Per Holt, De er den onde lyne mig ikke bedre værd, end at De skulle jages ud af gården med hundene i hælene!"

"A tænker nok, der kommer de dage, da både De og Deres lige får en mundkurv på!"

Forvalteren farer rasende mod Per Holt. Men Per står roligt smilende og ser på ham med sine sorte øjne. Så råber forvalteren: "Herut! – Fra gården her får de ingen vogn til at køre Deres ragelse væk på! – Herut!"

For sidste gang går så Per Holt hjem ad den sti, som Gyldholm tyendehusmænd har trådt i årenes løb.

Han tænker måske på, hvorvidt det par skilling, han har fået af forvalteren, kan række, og om der kan blive noget til høkerne, for han hvisker halvhøjt: "At En også er nødt til at blive kæltring, fordi En er fattig!"

Aftenen er smuk. Per bliver stående uden for sit hus og lader blikket glide omkring på det, han nu skal forlade.

Ude i synsranden til den ene side lyser himlen for neden i en bue – som af fjernt lys, der skinner gennem tåge.

Det er skæret fra købstadens tusinder lygter og lamper.

Af dette skær fængsles Per Holt og står længe hensunken i det.

Som om han knyttede tanker og drømme dertil.

18

En dag holder Mikkel Krat fra Knurrhuset uden for Per Holts med sit sorte, pukkelryggede øg. Dyret har rygskade og ligner en kamel med undtagelse af, at dets hoved hænger søvnigt ned mod jorden.

Mikkel Krat selv ligner øget. Også han har nemlig en pukkel, så hans store, firkantede hoved hviler på brystet. Hans vest er stadig våd af savl, da der altid hænger en pibe i den højre mundvig, hvorfra den ikke flyttes, hverken når han taler eller ler. Og begge dele gør Mikkel næsten uafbrudt, så man så godt som hele tiden ser hans tandparti og røde gummekød.

Han og Per bærer ud af det skrøbelige boskab, mens Mikkel stedse lader munden gå.

”Næ holdt, Per, la' vos nu sætte sagerne her udenfor. Siden så læsser vi op, forstår du, hæ …. Ja, det er noget, som du it kender til, Per, hæ! Men a har jo kørt fragtvognen, du ved, hæ, så … Hver har jo sine indsigter, hæ!”

Mikkel river en tændstik og tænder; det gør han tit. Han betænker sig længe for hvert stykke, de bærer ud, og taler om, hvor det kan anbringes på vognen, og ind imellem fortæller han småtræk, som han har oplevet, ”mens a kørt' fragtwuwnen.”

Per derimod står ganske tavs med et stille, dybt alvorligt udtryk.

”Hov!” siger Mikkel, ”her er nok vuggen! Den er noget af det vigtigste, for børnene, se dem, hæ, kan man jo endelig nok, hæ, komme til, hæ, hæ!”

Som han med et kom i tanker om noget, bliver han pludselig alvorlig og tilføjer: ”Ja, a ved nok, Per, En kan også nemt komme av med dem igen ….. jo, a er nok for sjov, Per, men – æ – der er aldrig så gal en abrigånt, der er jo alvor iblandt, hæ, hæ!”

Sofi' går og pylrer.

Store-Povls Maren kommer og hjælper hende med pakningen.

Men så gør hun et lille ophold og løber hjem efter noget.

"Det er bare en smule underdyne, Sofi', - I har jo min salighed ingen sengekæder!"

Sofi' vil sige noget, men Maren afbryder hende på sin ru-godmodige måde: "Hold din kæb' og pak din pos', min pig!"

Der er jo ikke meget flyttegods og navnlig ikke meget, der duer, men når hver småting skal med, tager det alligevel tid.

Endelig, til trods for Mikkels lange betænkninger og omstændelige tale, får de da læsset op.

Sofi' tager plads ved siden af Mikkel. Hun sidder med en lille på skødet og ser sløvt frem, som om livet var slukket i hendes indre.

Men den store dreng rider fornøjet over en skammel bag på læsset.

Sidst kravler Per Holt op. Hans ansigt ser ud, som om han aldrig mere kunne smile, og furerne ved hans mundvige er dybe og bitre.-

"Er vi så klar?" spørger Mikkel og samler tømmerne op. "Nå, bette Sorte, kan du så lette ved dig? – Ja, det er it vist, hun er færdig lig' epå tiden, hæ, for hun har sit sind li'esom en anden, hæ, hæ! – Nå, kom så, bette!"

Så kører Mikkel Krat og den sorte Per Holt og hans ud i det ukendte land.

Men da de nærmer sig Lilleskovens led, inden træerne lukkes om dem, ser Per Holt sig tilbage.

Og i det fjerne skrider fjorten ridende og fjorten par heste langsomt henad vejen til brakmarken, hvor plovene venter.